Libido aos pedaços

Outras obras do autor:

Memórias da Liberdade
Rio de Janeiro, Achiamé, 1985

O clube dos feios e outras histórias extraordinárias
Rio de Janeiro, Artes e Contos, 1994

La legenda dell'uomo letterato
Lecce, L'Immaginazione, trad. de Adelina Aletti, 1995

La associación de indivíduos de apellido Cheong
Houston, The Americas Review, trad. de Lauro Flores, 1996

O livro dos ciúmes
Rio de Janeiro, Record, 1999

O livro dos desmandamentos
Rio de Janeiro, Bertrand Brasil, 2004

At Home with the Colonel
Amherst/Northampton, Metamorphoses, trad. de Clay Resnick, 2008

Memórias da liberdade
Rio de Janeiro, Espaço Jurídico, 2ª ed. revista, 2008

Confissões de um anjo da guarda
Rio de Janeiro, Bertrand Brasil, 2008

O "jeito" brasileiro: um fenômeno cultural
Chapel Hill, Romance Notes, 2009

Ilações sobre a criatividade latina e ladina do "jeito"
Buenos Aires, DeSignis 14 – Gusto Latino, 2009

Carlos Trigueiro

Libido aos pedaços

EDITORA RECORD
RIO DE JANEIRO • SÃO PAULO
2011

CIP-BRASIL. CATALOGAÇÃO-NA-FONTE
SINDICATO NACIONAL DOS EDITORES DE LIVROS, RJ

T748l   Trigueiro, Carlos, 1943 -
        Libido aos pedaços / Carlos Trigueiro. – Rio de Janeiro: Record, 2011.

        ISBN 978-85-01-09428-5

        1. Romance brasileiro. I. Título.

11-3398
        CDD: 869.93
        CDU: 821.134.3(81)-3

Copyright © Carlos Trigueiro, 2011

Capa: Carolina Vaz

Texto revisado segundo o novo Acordo Ortográfico da Língua Portuguesa

Direitos exclusivos desta edição reservados pela
EDITORA RECORD LTDA.
Rua Argentina 171 – 20921-380 – Rio de Janeiro, RJ – Tel.: 2585-2000

Impresso no Brasil

ISBN 978-85-01-09428-5

Seja um leitor preferencial Record.
Cadastre-se e receba informações sobre nossos
lançamentos e nossas promoções.

EDITORA AFILIADA

Atendimento e venda direta ao leitor:
mdireto@record.com.br ou (21) 2585-2002.

In memoriam

Claudio de Araujo Lima (1908-1978), psiquiatra e escritor, personalidade exuberante do seu tempo.

"Quem nunca amou a cunhada não sabe o que é o amor."

Nelson Rodrigues

PRIMEIRO PEDAÇO

I.
Foi assim

A doutora Larissa Pontes me virava do avesso às segundas, quartas e sextas-feiras, sempre no último horário de consultas. Primeiro ela me olhava como quem não queria nada, mas, depois, suas irresistíveis pupilas no pupilo me obrigavam a dizer e repisar, *"Senhor, nos faça ver as coisas como elas são"*. Lá pela oitava repetição eu surtava ou mergulhava em transe. Finalmente, ao adotar técnicas de regressão que decolavam de um falso divã e pousavam num persa legítimo, conseguia me levar sob cantigas, palmas e sopro de velas à torta de chocolate do meu segundo aniversário. E então a doutora fazia a festa!

Desenterrou, aos poucos e num crescendo, o que era só meu: jogos pueris, tatibitate, álbum de figurinhas, patinete, tambor, cornetas, livrinhos infantis, arcos e flechas, revólver de plástico, trem elétrico, quebra-cabeças, histórias em quadrinhos, aeromodelos, dialeto juvenil, revistas pornográficas, masturbações a dar com o pau. Dominando minha língua adulta, pinçou lembranças, vazou saudades, purgou angústias. Quando eu não admitia certas posições, cara a cara no boca a boca, digo bate-boca, temperava minhas queixas com seus sermões ou me sedava com métodos singulares. E vasculhava meus sonhos, filmes, canções, desenhos, suspiros e tatuagens. Claro que tatuagens imaginárias, pois só existiam em sua mente. No final das sessões, esgotado, eu não passava de um zumbi. A última sensação que me envolvia era sempre a fragrância do seu Chanel Nº 5, frescor ainda exuberante na minha memória química.

Um dia a festa acabou. Visivelmente enfastiada, a doutora mudou sua atitude, impostou a voz e disse que reavaliara o meu caso. Em seguida, rabiscou anotações, remexeu gavetas, iniciou o computador, consultou dados, pediu licença, deu um longo telefonema, disse ao interlocutor o que devia e o que eu não queria. Foi isso. E fim de papo. Desligou o celular em câmara lenta, voltou-se, olhou redondo através das lentes de contato e me enquadrou.

"Otávio, você está de casamento marcado com Débora, minha irmã. Ela não soube, não sabe, nem nunca saberá de minha fonte que você frequentou meu consultório. Acontece que futuramente será inevitável nos encontrarmos em reuniões familiares. E sabe como é conversa em família, omite-se o que devia ser falado e fala-se o que não devia."

Sem graça, disse-lhe que apreciava seus métodos, linha de tratamento, nossos encontros e confrontos. Mas ela não me deu a mínima chance. Doutoral como nunca, cortou a minha fala e suturou o resto da conversa.

"Bem, a boa técnica recomenda que não haja ligações ou vínculos familiares entre analista e analisado. Seremos cunhados. Portanto devemos parar aqui. Em minhas mãos você cresceu o que era possível. Sua falsa timidez é rara nos manuais da psicanálise, e acho que o próprio Freud gostaria de ter tido você no divã."

"Sei."

"Na minha especialidade, que é a psicoterapia catártica, profunda, seus resultados foram ótimos."

"Sei."

"Como ainda há um terreno a percorrer, na parte de psicoterapia de apoio, achei indispensável recomendá-lo a um excelente profissional: o doutor Guilherme Pessoa. Ele foi meu professor. Além de competente e estudioso, é educadíssimo e esbanja cultura. Bem, o doutor Guilherme está aguardando você na próxima quarta-feira, tome aqui o cartão dele, tem o telefone e número da sala."

"Mas doutora Larissa..."

"Olhe só, Otávio, tudo o que ocorreu entre nós neste consultório acaba de morrer aqui, e aqui será enterrado quando eu acabar de falar. Faz parte da rigorosa ética profissional."

"Mas, doutora, eu..."

"Sua confidencialidade vai ajudá-lo na terapia de apoio. Você aprendeu a administrar suas fraquezas desvendadas pela catarse. Isso é sinal de força, de domínio. Prometa que continuará o tratamento conforme sugeri!"

Aturdido, feito menino em idade escolar, ouvi a mim mesmo:

"Prometo."

Do alto de sua autoridade profissional, abaixou-se, deu-me um par de beijos sociais, apertou minha mão de modo burocrático, levou-me à porta do consultório, abriu-a, fechou-a, e desapareceu sob a burca doutoral.

"Dá licença..."

II.
De confesso a confessor

Pessoas de bem preferem a hipocrisia ao escândalo. Sera verdadeira essa premissa? Às vezes acho que sim, outras vezes acho que não. Tomo por base meu prontuário sentimental. Isso mesmo. Ninguém diz nem vai dizer, mas todo mundo tem um. Camuflado, enrustido ou sepultado. No coração? Pouco provável. Seria pieguice incompatível com a moral da pós-modernidade. Na memória neuronal, vá lá, a reprimir sentimentos inconfessáveis. Se bem ou malvividos, nem Deus saberá. Pois é. Agorinha mesmo repasso pela milésima vez as imagens do meu caso com Larissa. Na verdade, ela urdiu envolvimento tão intrincado entre nós dois que não sei onde e se fui diabo sedutor ou alma seduzida. Desde então me desconheço. Não sou quem era ontem, o bom moço de anteontem nem o Otávio do *réveillon*. Pior. Ouço murmúrios, futricas e ti-ti-ti. Claro que reajo. Elaboro mil desculpas. Porém, amar a cunhada não é só questão de gana. Talvez seja atavismo. Enfim, transar por transar ainda é humano.

Dizem que culpas ruminadas amplificam a voz da consciência. Daí, talvez, essas murmurações que me perturbam. De fato, sempre fui preciso e justo nos meus atos. Tanto assim que ao me envolver com Larissa, de caso pensado e remoído, preservei limites do decoro socialmente aceitos. Evito demonstrações de amor em público, resisto às tentações dos celulares e não me ligo em orgasmos virtuais. Em suma, rejeito emoções da onda tecnológica. Minha sensibilidade não tem a concisão dos *chips* nem a indiferença dos códigos de barras.

Onde eu estava? Ah, sim, falava de murmurações interiores. Acho que alguém puiu meus tecidos nervosos, vazou o cerebelo e instilou na minha alma segredo de três que o diabo fez. Terá sido o marido da Larissa? Já sei. Ele percebeu o que não devia e minha adorável cunhada sacou o que ele sabia. E aí as coisas evoluíram de jeito. Armados de suspeitas mútuas discutiram na sala, com acusações de parte a parte, muita classe, falas polidas, gesticulação estudada, sem cacos de vidro nem dano às obras de arte. Lá pelas tantas, já os pingos nos is e respingos na cama, "Tudo bem, meu amor", "Deixa pra lá, meu querido", "Te adoro, meu anjo", "Vem cá, amorzinho", "Vira assim, minha paixão", "Devagar, meu fofo". Pessoas de bem preferem tudo no seu lugar.

Antiga sabedoria diz que em matéria onde entra o homem na mulher a melhor prova do gosto é a que antecede o desgosto. Será? Não sei. Daí minhas dúvidas e ruminações diuturnas. Preciso saber se em histórias de amor ilícito Deus faz vista grossa às estripulias do roteiro. O problema é que Deus nunca responde. Talvez não responda a qualquer um. Ou só atende aos cadastrados nas Alturas. Resta-me o constrangimento de admitir romance entre cunhados como obra do acaso, sem concessões às proezas do destino e tramas do dia a dia.

Por experiência, sei que amor entre cunhados não fica bem em sítio eletrônico, diário de blogueiros, mochila de nerds, corrente de orações. Se tachado de perversão, boa desculpa haverá. No plano psicológico, claro. De mais a mais, infidelidade amorosa em reduto familiar não tem quê de falsidade, selo pirata, senha furtada, validade vencida. Atores, falas, cenário, enredo, com ou sem o diabo rindo, tudo é feito às claras. O fingimento é original.

Tendo em vista que a infidelidade masculina é desculpável nos foros acadêmicos, sob argumento de que a Mãe Natureza respalda os semeadores da perpetuação, decidi pesquisar nos saberes antigo e moderno o berço do desvio feminil. Metade do que descobri me tira o sono. A outra metade toda mulher saberá. Em resumo, para o bem dos casais que vivem mal e para o mal daqueles que vivem bem, constatei que a tendência feminina à traição vem codificada ao acaso no genoma de alguns espécimes. E qualquer biólogo de plantão sabe que a índole errante uma vez gravada no texto genético é irreversível e exclusiva. Não tem saída, jeito ou macete. Cornear é preciso.

Tal descoberta gerou desdobramentos nas minhas ruminações, pois nossa memória social é refratária à infidelidade da mulher. Se os costumes são esses porque o mundo é obra de macho, segundo os livros sacros, convém não apressar julgamento. Dia desses a mulher vai recorrer, embargar, fazer e acontecer. E com apoio da mídia — parceira de fé, véu, grinalda, buquê e cachê no comprimento da língua — mandará ao inferno as santas escrituras. Mas não parei aí. Verifiquei que ambiente, cultura e família também influem no curso da infidelidade feminina. E ainda: graças aos avanços científicos na interpretação dos processos de reposição hormonal, constatei que variações bioquímicas são determinantes em questões de a mulher trair ou não.

De todo modo, em matéria de prontuário sentimental não há como fugir do lugar-comum "cada caso é um caso". Face aos melindres e logros do meu envolvimento com Larissa, confesso que no meio da corrente reneguei o instrumental científico e adotei procedimentos nada convencionais. Sim, aos chupões consegui arrancar segredos do seu prontuário sentimental: episódios com personagens vestidos a rigor e despidos de pudor. Da mesma forma, desencantei-lhe meia dúzia de preferências lascivas, apesar da sua libido dissimulada com verniz esfíngico. Não nego o choque que levei ao trazer à tona sua lassidão. Desde então procuro ser indulgente às volúpias do amor espúrio. Foi difícil. Mas a voz maviosa, digo insidiosa, de Larissa me convenceu, *"Otávio, nem tudo que profundo está significa que mergulhado fique"*.

Finalmente, pesquisei mistérios da infidelidade platônica, seja lá o que isso queira dizer aos que nunca a experimentaram. Concluí que amantes platônicos acabam vítimas de renitente percussão na consciência acusando-os de não terem amado o amor como deviam. Deduzi que envolvimento sempre a ponto de acontecer, mas que jamais acontece, acaba em dupla ressaca sentimental. De minha parte, provei o amor espúrio bem provado. Só não posso negar, fiquei viciado.

Porém, esses murmúrios que me obrigam a rever noite e dia as páginas do meu envolvimento com Larissa talvez sejam armadilhas do subconsciente. Daí a decisão de não me deixar enganar nunca mais. Reconstituirei tim-tim por tim-tim meu prontuário sentimental. De próprio punho. Turbinado, claro. Vivemos tempos digitais.

Daqui em diante só precisarei da inspiração que um bom e velho destilado pode muito bem catalisar. Em doses litúrgicas, que não sou blindado. Além do mais, na inexistência de um confessor formal que não eu mesmo, seria mais que justo destilar literalmente a boa-fé do meu lado confesso. Nas circunstâncias, acho que este prelúdio confessional é um bom começo. Um dia, quem sabe, Larissa melhor dirá.

III.
A lógica da sedução

Conjeturo. Toda confissão é impregnada de impurezas. De sevícias que o tempo faz, apaga, refaz, deixa, leva ou traz. Dá no mesmo. Não obstante, vasculho mochilas, baús, escaninhos, pilhas, cortinas, brechós e sebos da memória. Aparentemente, honestas intenções, pois de lembrança em lembrança o artífice do meu envolvimento com Larissa foi a interesseira lógica humana. Haveria mais lisura se dissesse lógica aprendida, já que, sabidamente, o homem é animal ensinado. Se bem ou mal ensinado não me cabe julgar. Só posso falar do Otávio que uso e encarno.

Para começar: minha timidez é morena pálida, dissimulada, censura oitenta quilos sob um metro e setenta e três, espreita o mundo com nariz de cera, olhos celestes, cílios nublados, boca de siri, queixo furado, feromônios nos poros, caracóis na cabeça.

Para rematar: a despeito da timidez que carrego, escalei a montanha das isenções emocionais até chegar à neutralidade do pensamento e esmiuçar meu caso com Larissa. Patamar difícil. Ainda bem que sou biólogo. Sei que a condição humana tende à tragédia. Contém o *pathos* predatório da animalidade. Na verdade, viver é eufemismo de predar. E o planeta está aí escancarado e a derreter-se para quem quiser comprovar. Existir implica predar seja lá o que for. É trágico. Mas é isso: até a minúscula ameba contém sua grandeza trágica. Se alguém duvida é porque não sabe a causa da elefantíase.

É inevitável revelar meus cacoetes de cientista. Mas esclareço que não sou um protótipo do cientista louco a futricar a essência dos seres sem se importar com o que existe além do processo vital. Ao contrário, interesso-me tanto pela finalidade da vida quanto pelo objetivo da morte. Ando perto de retirar esses lacres. Hora dessas, Deus que tudo sabe e não diz a qualquer um se abrirá comigo, ou provavelmente com Larissa, minha adorável cunhada, que vive de pôr nua a alma das pessoas.

Pois é. Eu dizia que não consigo esconder minha formação científica. Afinal, ninguém esconde tudo o que gostaria. Acho que excessos de vigília estimulam traições do subconsciente. Porém, pior mesmo é ser corno sabido feito o marido da doutora Larissa, sujeito inteligente, super ilustrado, papo-cabeça, capaz de equilibrar com elegância um par de chifres no lugar apropriado e ainda argumentar que a espalhafatosa armação não é exclusiva dos corníferos.

Conjeturo. Tenho mil e um pontos de vista para explicar meu envolvimento com a irmã de minha mulher. Inclusive a condição de saber com pormenores o que rolava e não rolava entre Larissa e o marido. Graças principalmente, claro, às nossas sessões de psicanálise. Foi ali que tudo me alumiou, de repente, como sucede àqueles poetas que, inconformados com as limitações da visão humana, põem os olhos fora da órbita para enxergar outras dimensões, sóis minguantes, estrelas virgens, seios saturninos, cometas menstruais, planetas que um dia Deus há de parir.

Convém retornar aos sebos da memória e pôr dois dedos de ordem na história. Fixo o pensamento nas imagens de foto neuronal que carrego e merecedora de exposição a holofotes. Tudo bem, apresentações são indispensáveis. Larissa: um metro e setenta e três de carne macia, ossos fortes, pecados geniais. Até aí nada demais. A alquimia divina faz com o barro humano obras monumentais. Metade deusa, metade poema, descrevê-la é convulsivo. Quando tento, me borro. Se não tento, já me borrei. Sempre ela: maçãs do rosto colhidas do paraíso, boca profissional, lábios amadores, canto de sereia, olhos de gazela, nariz fatal, pescoço de garça, cabelos a cavalo, torso pintado a óleo, seios adolescentes, cintura a palmo, ventre livre, púbis selvagem, sexo alagadiço, mãos estreladas, pés de anjo, coxas de alabastro sustentando o monumento e, nada obstante, língua de mulher.

No início, julgava absurdo suspeitar que minha adorável cunhada me induzira a conquistá-la. Mesmo admitindo que eu sinalizara a favor. Psicanalistas de consultório sentimental dizem que romances proibidos só acontecem se o envolvido sinaliza verde ao envolvente. Depois, sopesando aspectos sexualmente corretos, como é de moda estilizar a hipocrisia, faísca maliciosa me atiçou. Esmiucei o vaivém do que me passa, passou, passará pela cabeça, e senti um movimento frenético de carga e descarga dos neurotransmissores.

Insone, lá pelas tantas, conjetura malévola soou, "Nada de culpa, Otávio!". Em vão tentei silenciar os lobos cerebrais que começaram a ladrar, "Vai em frente, Otávio!". Sempre insone, vagando pelas estepes memoriais, onde os pensamentos são lobos que devoram os minutos sem sair do lugar, finalmente um uivo longo e teatral fez eco no despenhadeiro das lembranças, "Larissa te seduziu".

IV.
De sedutor a seduzido

Desde ali suspeitei que envolvimento entre cunhados socialmente bem-postos e com personalidades opostas somente acontece se os desvios do sedutor cativarem o seduzido. Minha suspeita ganhou lentes de aumento numa dessas despretensiosas conversas em família que servem a malhar o mau tempo, os novos tempos e a mudança dos costumes, sem acréscimo ou decréscimo à frivolidade das tribunas caseiras.

Sob trançado de vozes, Larissa, no seu estilo par ou ímpar, detonou entre outras, *"A revolução dos costumes despiu beatos, carolas e carolices que de mala, véu e cuia foram flagrados no brejo — uns sem a roupa de cima, nenhum sem as de baixo".*

Após ouvir um *"Ah!"* em vários tons e perceber a curiosa atenção dos familiares, Larissa aprofundou, *"Qualquer mulher recatada é capaz de prevaricar sem os fantasmas da culpa ou do remorso desde que, socialmente, não perca o atributo de mulher honesta".*

A galera riu não só da picardia, mas também da expressão "mulher honesta", que, óbvio, foi banida do novo Código Civil. Suponho que a expressão degenerou sob efeito da mutação dos costumes e com a regressão do inconsciente coletivo à era tribal. Nada de neopuritanismo enlatado. É só chegar à janela e ver o mundo pulsando lá fora. Em horário nobre da TV, no fluir dos *reality shows* e telenovelas, basta não arredar do sofá, móvel que se presta a tudo que não presta.

Minha suspeita era fundada. Percebi um ti-ti-ti nos bastidores do hipotálamo. Sim, uma fofoca entre o Ego e o Eu que qualquer neurótico amador experimenta vez a vez. De uma parte, identifiquei louvores à sedutora (Larissa) e, de outra, lamentos pró-seduzido (Otávio). Por isso, acho que o sedutor atrai o seduzido, mas este fascina aquele, sem dar a mínima bola para os agentes sociais, físicos e psicológicos que entram no processo de sedução. Será então o fascínio um dom que vem na carga genética de indivíduos privilegiados? Bem, tímidos são desconfiados e indecisos, não embarcam em nau sem rumo. Além do mais, navegantes de amor proibido criam na mente um portaló bem vigiado para cercear embarque e desembarque de emoções suspeitas.

Ao desfiar essas novas conjeturas, prevaleceu a mais racional: entre mim e Larissa teria ocorrido processo de mútua sedução, apesar das personalidades opostas. Realmente pode calhar. Todo mundo sabe o que acontece quando extremos batem de frente. Foi o nosso caso. Ela, extroversão fermentada. Eu, tímido destilado. Vá lá que toda timidez tenha sua carga de fascínio. Mas onde começa e termina a fronteira dos tímidos? E que dizer da timidez mascarada? Impossível precisar quantas máscaras a mente de mil e um ardis fabrica. E a mente ardilosa talvez seja irmã gêmea da mente delituosa, porque amar a cunhada com pureza, pieguice e purpurina não exige tese de mestrado, no máximo — e olhe lá — tesão monitorado.

No começo, era pra lá de bom acreditar naquele delírio interminável. Até então, eu desconhecia o que ocorre na mente quando se escraviza uma ideia. Tampouco sabia que a obsessão amorosa nasce mansa e cresce feroz. Depois lacera, mutila ou se imola. E aí surge a obsessão da obsessão.

Larissa, numa das nossas sessões, soltou este balão de ensaio, *"Otávio, na mente artística, a obsessão chega a extremos: fracasso aqui, obra-prima ali"*.

E o seu balão prosseguiu vagando, *"A mente impregnada de amor obsessivo queima tomografias, rasga mapas genéticos, convenções cartográficas, intimações judiciais! E quando penetra feudos familiares, dispensa maça e armadura, decide avenças no pau"*.

Ao perceber minha perplexidade foi incisiva, *"Otávio, amor entre cunhados não admite truculência de costumes nem embuste semântico. Não aceita aspas que o dissimulem. Não cabe entre parênteses explicativos. Não ponteia reticências insinuando omissões nem anuncia explicação com os famigerados dois pontos. Aconteceu, ponto e basta. Isso mesmo: quem ama a própria cunhada ensandece ou se avizinha dos gênios. Passa a entender diálogos entre flores e abelhas, sabiá e palmeira, arco e violino. E a entrar na conversa fiada do vinho com a taça, do cigarro com a boca, do ouvido com a partitura"*.

Diante de tal eloquência, perguntei-lhe meio parvo, *"Doutora, isso tem duração?"*.

Sem titubear, ela respondeu: *"Claro, Otávio, dura o tempo mais-que-imperfeito"*.

Verdade que, para reduzir a importância do nosso caso, tentei dar-lhe a conotação permissiva dos dias pós-modernos.

Em outros termos, procurei tratar a situação como supérflua. Nada de raridade ou fenômeno, ainda que no seio da família. Desse modo, folheei incontável número de revistas femininas repletas de artigos assinados por psicanalistas e sexólogos legitimando o sexo casual: "Vapt-vupt, pronto, ficamos, acabou, numa boa, limpa aqui, legal, quer carona? Tudo bem, tchau, tchau, me liga...".

Tais depoimentos não me sensibilizaram. Vapt-vupt sexual teria sido bom se eu vivesse como a maioria das pessoas. Sob a tirania da pressa. Todo mundo hoje morre de pressa. De ir, vir, fazer, descer, subir, trepar. Ninguém quer ou já não sabe esperar. Refletir? Nem pensar! Todo mundo quer as coisas acontecendo logo, já e já, agora mesmo, se possível no controle remoto, com o dedo, falange, falanginha, falangeta e ação. Porém, utilitarismo visceral e programado não me satisfaz.

Nesse vaivém de pesadelos em vigília, cheguei a supor que me valera de Larissa para construir o proverbial esquema de transferência psicológica, aquela bem urdida armação tentando esconder recalque, desvio ou delito. Espera aí, delito? Sim. Não digo delito penal. Falo daquele malfeito íntimo, anímico, simulado e ainda não arquivado em prontuário sentimental, mas que desfolha nossos credos, desarma nossos princípios, tritura nossa fé.

Depois de tantos pruridos e escoriações na alma, desejei total impunidade aos portadores de psiquismo apaixonado e, desde então, aderi ao desvario do amor, lícito ou não, porque a paixão já é, com todos os círios do céu e fogaréus do inferno, castigo pra lá de exemplar. Disso entendo porque experimentei de verdade. Sem frescuras, provei a pena desde o momento em que a voz maviosa, ou melhor, voz insidiosa da doutora Larissa extrapolou sua autoridade de psicanalista, rompeu barreiras familiares e me obrigou à rendição incondicional, *"Otávio, ver a sua adorável cunhada de perto não basta. E amá-la de longe não presta"*.

SEGUNDO PEDAÇO

V.
Leituras

A doutora Larissa Pontes — que me virava do avesso às segundas, quartas e sextas-feiras sempre no último horário de consultas — costumava sublinhar frases do seu livro *Amor em família* e me obrigava à leitura de certas páginas em voz alta. Dentre os seus trechos preferidos, o quinto parágrafo da página 57 foi tantas vezes repetido que acabei por decorá-lo:

> *Pessoas frágeis quando insatisfeitas com os cânones do casamento são suscetíveis de engendrar desvios, compensações, subterfúgios, tolerância, complacência, permissividade, infidelidade, subversão ou perversão do amor. Podem chegar ao incesto. Faz parte da imperfeição humana. Porém, já o Antigo Testamento adverte: o irmão que se apaixona pela irmã é um fariseu em mutação.*

Noutros ensaios, panos e coxias do nosso drama, digo relacionamento, Larissa dissimulava fragilidade para aguçar minha percepção. Em reuniões sociais, o seu olhar dispensava a palavra para dizer-me tudo o que desejava. Cruzava e descruzava pernas, direita, esquerda, direita, ao contrário, de lado, alternadamente. Ângulos, projeções e decoro superbem calculados. Sem ninguém perceber, expedia sopros musicais para que eu a bolinasse. Insinuava os seios adolescentes e o sexo alagadiço. Valendo-se do meu ego tolerante e do seu código moral transigente sugeria sarros virtuais no seio da família. Só faltava me dizer com todas as letras, *"Otávio, graça ou desgraça, cunhada não é parente".*

Aos poucos surgiram desdobramentos. Beijinhos de saudação, acenos e apertos de mão entre nós subverteram convenções sociais e familiares. Nossos olhares errantes a princípio encontraram rumo passional. Na travessia entre o olhar permissivo e o proibido a libido fagulhou. Até então ignorávamos que a fronteira da paixão entre cunhados é demarcada com palha seca. Fato que comprovaríamos no foguear da pele. Óbvio. Qualquer atrito faz fogo se a libido é sentinela.

Em consequência do malfeito senti mudanças interiores. Algo como se outro Otávio tivesse usurpado minha cabeça. Ainda tentei me confortar lembrando que torrentes de mudança fazem parte do clima pós-moderno com suas emoções e troca-troca estéreis.

Pois é. Nessa tal de pós-modernidade ninguém sabe o que é certo nem por quanto tempo certo será. Vale tudo durante tempo estéril. Pior é que ninguém tem paciência e não quer nem sabe esperar. As pessoas só querem agilidade, automatismos. Vivem em permanente excesso de velocidade. Como se a vida fosse um veículo dentro de outro. E trocam de marcha, nome, casa, carro, parceiro, clube, médico, doença, celular, idioma, religião, canal de TV, lugar no sofá, emprego, família, dieta, tatuagem, horários, travesseiro, advogado, tranquilizante, perfume, xampu, dentifrício, livro de cabeceira, computador, e-mail, senha de banco, profissão, amuleto, certezas, academia, dúvidas.

Não era à toa que a doutora Larissa insistia, "*Otávio, a vida agora é assim. Vale a conveniência do instante. A vida celebra a celeridade da vez. A cabeça das pessoas, se não muda, pensa no imediato o tempo todo. E todo mundo acha que a vida é o tempo na moda, deixou de ser o tempo no todo. Há um sentimento generalizado de que se o pensamento estancar, a razão encalha e a consciência afunda. Mas a incongruência disso tudo é que qualquer um, se pensar no imediato o tempo todo, não estará longe do sanatório mais perto*".

Por todos esses motivos e para amenizar inevitável incesto entre o inconsciente coletivo e o consciente deste confesso e confessor, passei a tolerar as intenções libidinosas de um novo Otávio Nunes Garcia que cresceu dentro de mim em relação à doutora Larissa. Terminei por descobrir serem literalmente suspeitas as minhas iniciais O.N.G.

Isso aí! Através de fresta na psique, vi-me cidadão freudiano clássico, com impulsos inconscientes sofrendo repressões, mas que nunca me impediriam de recuperar episódios do meu prontuário sentimental. Apesar dessa futrica entre os meus neurônios clássicos, e dos desvios por efeito do álcool, continuo meticuloso ao recuperar o passado. E questiono tudo o que foi mal-resolvido.

Pergunto a Deus que, como se sabe, por costume ou indiferença nunca responde: existe código de ética no amor espúrio? Felizmente, uma murmuração interior me responde — uma espécie de Otávio do bem, ainda sóbrio, talvez minha consciência pura — e me diz que princípios conservadores regem os costumes ocidentais.

Daí a lógica dedução: amor entre cunhados merece repressão institucional. Porém, onde e em qual instituição se enquadra a pureza do meu sentimento por Larissa? Cadê os guardiões do cérebro encarregados de reprimir o amor entre cunhados? E os arcanjos? E Deus?

Pois é. Ninguém se move. Ninguém solta um ai. Só o silêncio se impõe como sempre, enquanto Deus brinca de esconde-esconde. Podem me tachar de insano, psicopata, esquizofrênico, mas diante de tantas camadas de silêncio compreendi finalmente por que Deus nunca responde. Claro. É suja a mente cercada de pudor.

Pudor?

Eu gostaria de ter tido boa dose de pudor no consultório da doutora Larissa, na primeira vez que num frenesi escatológico beijei-a toda — montes, curvas, bosques, estreitos, depressões. Possuindo-a com mais carinho e menos volúpia, eu teria sido mais coerente com a minha personalidade de supertímido e, acho, teria evitado sua armadilha. Tudo bem, pelo menos aprendi que o homem, ao despir a mulher pela primeira vez, tem vaga chance de saber quem ela é. Nenhuma depois que a conhece.

Sou suspeito. Mas será amor entre cunhados caso de se atear fogo moral à frágil carroçaria da libido? Não sei. Meu dilema é que o amor espúrio contrapõe, na arena dos costumes, a consciência individual e aquela social dos amantes. Daí, quando me recolho às fronteiras da timidez, sinto que o melhor do amor impossível não é amar, nem mesmo torná-lo possível, mas sonhar o tempo todo que um dia sucederá.

Psicanalistas de todas as linhas e os sem nenhuma linha dizem que o sonho nos libera dos grilhões da consciência. Mas garanto: nem em sonhos me livrei do poder de fogo e sedução da doutora Larissa. Hoje, avalio que foi mais fácil me livrar dos assédios de minha mulher, Débora, apesar de suas murmurações ainda me perseguirem dia e noite:

"Otávio, confessa de uma vez em sã consciência, se é que teve isso um dia, você nunca me amou, e não adianta esconder que se casou comigo a fim de azarar aquela fingida da Larissa no insuspeito ambiente familiar!".

Tais murmurações não são ecos da maledicência, essa espécie de estrume sociologicamente correto. São cicios interiores que maquinam e conspiram até saltarem no impulso de libações as fronteiras do eu. Mas quem não salta ou saltou durante lapso, desvario, sonho, o fosso profundo do eu? Qualquer terapeuta decente reconhece a figura manhosa do fronteiriço que, subitamente motivado, pula a cerca da consciência e vai buscar o que devia a si mesmo noutras províncias do ser.

Outra coisa.

Sou diferente da maioria das pessoas nessa questão de paciência. Sei esperar. Não me rebelo nem mesmo contra a tirania dos semáforos. Nisso não mudei. Sei aguardar as coisas acontecerem. Tanto sei que, meio desconfiado, isso é verdade, nunca perguntei à doutora Larissa os seus motivos para agendar minhas consultas sempre no último horário do consultório. Óbvio que, desde o início, ela sabia o espaço cabível entre nós dois além da cabeceira do divã.

Pode até parecer estranho, e confesso que jamais a reconheci no apagar das sessões, já sem a burca doutoral, lânguida, sobre o *Tabriz* no meio do consultório, seminua, trajando somente um fiapo de sorriso entre as faixas assimétricas do batom.

Sim, à primeira vista ela parecia devassa. Amoral. E não me é fácil explicar, pois numa sociedade de cultura machista, a doutora Larissa seria a alma seduzida e nunca o diabo sedutor. Mas, na realidade, Otávio Nunes Garcia, seu fiel cliente e admirador, foi vítima literalmente cantada, polida, induzida, seduzida e possuída.

Mas quem pode assegurar que modelos, gêneros, tipos, peças, engrenagens, funções e variações do comportamento humano são exatamente como seus verbetes descritivos nas enciclopédias? Nesta altura do meu prontuário, acho melhor respirar, dobrar a dose do uísque e procurar nos acervos da memória a identidade, ou melhor, o verbete descritivo de *Otávio Nunes Garcia*.

VI.
Imagens

É difícil retirar a máscara do que aparentamos e mostrar o que somos. Ninguém do outro lado da calçada faz ideia de quanto somos pelágicos. Monstros fora de compasso, esquadro e escala a expor o nosso eu que nunca dorme e acha que jamais morrerá. Em princípio, não é o que todo mundo acha? Que vai durar pra sempre? Isso contraria a lógica primitiva: somos humanos, instintivos, imperfeitos, viscerais e diferenciados entre nossos semelhantes pela genética e pela variedade de combinações neuronais que cada um carrega no crânio — um cassino cerebral. Em suma, nosso destino depende de jogatinas cerebrais. Talvez por isso, a doutora Larissa jogava feio:

"Otávio, o amor é um misterioso jogo espelhado onde os parceiros pensam que veem tudo de todos os ângulos, mas é pura ilusão, mera sucessão de imagens desfocadas e retocadas."
"Doutora, por falar nisso, quando estou defronte ao espelho costumo me pluralizar além do que a imagem reflete."
"Explique isso, jogue aberto."
"Ao me barbear pela manhã, na primeira e talvez única conversa franca comigo mesmo durante o dia, me vejo claramente duplo! E é ali que discuto minha relação diária com o Otávio que hospedo."

"*Explique isso, jogue franco.*"

"*Acuado desse jeito pela doutora, o Otávio que hospedo não consegue se manifestar direito, nem falar de amor, de suas paixões.*"

"*Você está complicando o nosso jogo, mostre sem subterfúgios quem você é, mesmo que tenha duas caras, ou três... vamos... realize suas fantasias...*"

"*Se é assim.. bem... não sei...*"

"*Vamos, Otávio, você ainda não entendeu? Realize comigo todas as suas fantasias!*"

"*Ahnn! Bem, acho que carrego outro Otávio aqui dentro, mais solto, impulsivo, talvez pervertido, quem sabe se nós dois poderíamos...*"

Passei por situações desse tipo várias vezes. Quem não hesita ao colocar outra máscara sobre sua suposta máscara de fé? Sei bem sabido que Freud definiu três instâncias para a personalidade: id, ego e superego. Genial. O cara achou três maneiras de explicar o eu de todo mundo. Espera aí! Quem disse que Freud era confiável?

Acho que já é público. Freud também tinha sua adorável cunhada — Minna Bernays — que, dedicada, o acompanhava discretamente em suas viagens de observações, estudos, pesquisas, lazer, férias, sei lá mais o quê. Tenho cá minhas suspeitas. E já andaram pesquisando, falando e publicando coisas assim. Resumindo, Minna Bernays ficou solteira a vida toda. Se Freud não explicou isso, Otávio Nunes Garcia reverbera que o eu de todo mundo tem seu duplo vagabundo.

Em questão de identidade, Larissa seria diferente? Ou seja, seria sempre a mesma e única pessoa inflexível? Não creio. Possivelmente, seu comportamento dúbio refletiria herança genética moldada por condicionamentos socioculturais adquiridos.

Acho que apesar de sua estrutura psicológica construída sob pressões e ambientes conservadores, Larissa não escapou da influência do inconsciente coletivo que a persegue, e me persegue, e nos persegue a todos há milhares de anos, não dois passos atrás absolvendo o que fazemos de errado, mas bem à frente, atiçando na moita o imperdoável que desejamos fazer. Disso ninguém escapa. Claro que sob a máscara de outro eu. No caso, sob a máscara da outra Larissa — a infiel, insidiosa e sedutora.

Em resumo, o eu de Larissa não deve ser menos sujo que o meu. Então infidelidade não é mero pluralismo sentimental? Creio que ao menos uma vez na vida, num momento de tédio ou solidão, ouvindo o silêncio interior divinamente orquestrado, debaixo da burca insondável, exalando o seu Chanel Nº 5, minha adorável cunhada também se questionou, *"Afinal, quem sou?"*.

VII.
Amantes

Dizem que eu sou um feixe de nós. Que me amarro em sombras e penumbras. Que luzes mundanas esgarçam minha timidez. Que me alimento de enigmas. Que sou defunto moral. Que troquei o formol pelo álcool. Que cometi adultério em família. Que transo com domésticas, doceiras, cunhadas, primas daqui, irmãs dali, afins e assemelhadas. Falseiam, ou exageram. Larissa é um caso à parte. Duvide quem quiser. O nosso envolvimento não surgiu da degradação de princípios. Dela ou meus. Também não pintou sem os matizes da subversão erótica que pulsa nos tímidos e retraídos.

Minha experiência diz que urdiduras de natureza sentimental precisam de condições e agentes exclusivos: tempo certo no espaço apropriado e vento favorável às carências substituíveis. Dito assim, sem vaselina retórica, sem rococó semântico, parece fórmula quântica, bula esotérica, tradução malfeita, orelha de *nouveau roman*.

Sei que um coração privado de afeto consegue decodificar batimentos de outro também carente, a certa distância, num momento xis. Larissa e eu ouvimos essa percussão interior e refratária às murmurações mundanas de asas ligeiras e bico afiado. Isso está bem claro à página 107 do *Amor em família*:

> *... Nem todos os parceiros de carências têm coragem de deixar as regiões pelágicas do eu. Contudo, se emergem à procura do apelo tântrico peculiar aos carentes, é como se dois náufragos dividissem o mesmo colete salva-vidas.*

Contrariando minha formação científica, às vezes, isso mesmo, acho que o reboco da condição humana resulta da mistura de três elementos: palavras, orgasmos e decepções. Quanto às doses de cada um, seria melhor perguntar a Deus que, como se sabe, nunca responde. Ora, especular com filosofia barata não leva a nada, visto que nosso estofo biológico é extensa malha de moléculas de carbono combinadas, produzindo e despendendo energia toda a vida. E que importa essa maravilha da natureza quando não somos ponto de referência a quem amamos? Talvez a doutora Larissa tivesse razão num diálogo que mantivemos no finalzinho de uma sessão.

"Otávio, o tempo mostra que não somos os amantes que pensávamos ser, que precisávamos ser ou que gostaríamos de estar sendo."

"Mas, doutora, não somos adultos, conscientes e livres?"

"Na teoria, meu caro. Na verdade, somos heróis inocentes e canalhas de alcova ao mesmo tempo! A expressão é fora de moda, mas vem a calhar, pois, no fundo, no fundo, somos egoístas ao extremo, só amamos a nós mesmos. Mascaramos nosso infortúnio sentimental com fantasias."

"Mas, doutora, quem somos afinal?"
"Otávio, você não vê? Somos sombras solitárias. E é comovente descobrir lá no fundo da alma nosso amor acorrentado, condenado sem perdão, herói sem façanhas, já desfeito e sem nunca ter sido."

VIII.
Sombras

Sombras solitárias, heróis inocentes? Sem chance! Toda solidão é falaciosa ou confessional. Ninguém se fie que almas solitárias hospedem o vazio do isolamento por conveniência. Sei que purgam e carregam dores, culpas, vícios, recalques, dívidas, vergonhas, medos, tentações. Solidão e solitários engendram conluios, cabalam o improvável, inspiram cumplicidade, compartilham algo que se desviou, perdeu ou ainda vai extraviar. Registro isso porque sempre aguardo a sombra, digo visita, de Larissa. Hoje, todo mundo acha que esperar é fastidioso, que o tempo não chega, ou está sempre atrasado. Esperar dói. Só compreendemos a viagem do tempo se impregnados de catarse: dia eterno sem fumar, semana eterna sem beber, mês eterno sem transar com a cunhada.

Foi dando tempo ao tempo que cheguei ao conflito incrustado em mim. Às vezes, tento esconder do Otávio tímido meus sentimentos espúrios. Porém, como segurar os impulsos do Otávio permissivo que hospedo e cujo maior desejo é que role um caso com a adorável cunhada? A caminho dos quarenta, adulto para duvidar, sofrido para crer, maduro para negar, o que fazer com esse cúpido desejo?

Enquanto o desejo alinha e desalinha cerimoniais eróticos, a sombra de Larissa vagueia pela casa, desliza no sofá, pega livros nas estantes, abre a geladeira, ouve minhas sopranos em CDs, dispensa portas e janelas. Pior seria se a vizinhança soubesse que, metade humana, metade sombra, Larissa janta comigo à luz de velas e vozes que se inflamam, adernam e se esfumam. Obviamente, após o licor e o cigarro, visita sem cerimônia a minha cama. De minha parte, e por timidez, o que fazemos lá é melhor deixar sob os lençóis.

Sombras. As dóceis, razões hão de ter, só me aparecem em sonhos, terrenos ainda sem marcos, escrituras e traslados — esses modos civilizados de excluir. Impossível dizer o mesmo das criaturas em carne e osso que se arvoram pela casa e desconhecem *"dá licença"*, *"faz favor"*, *"muito obrigado"*, *"um momentinho"*, manifestações educadas do intelecto pegando carona na palavra, talvez o mais antigo e não reconhecido ancestral da roda, como dizia o doutor Guilherme Pessoa:

"A palavra, meu caro, foi o primeiro instrumento, vá lá, veículo, a retirar o eu — a maior das estrelas de primeira grandeza — de sua órbita em torno do umbigo para credenciá-lo a interagir com os demais astros da constelação humana: tu, ele, ela, fulano, nós, eles..."

Abro parêntese. O doutor Guilherme era bom sujeito, porém limitado aos tempos e contratempos do consultório. Sabia surfar durante horas e horas tsunamis do pensamento alheio muito além do divã. Mas um dia descobri que aquela habilidade afundava nas marolas sopradas por sua própria mulher. Faz tempo ele mudou de fórmula, embalagem e prateleira. O efeito de suas murmurações ficou. Ouço-o ainda a brandir metáforas que invadem meus espaços, assaltam o pensamento, lanceiam minha timidez, tolhem-me o elmo da consciência e ignoram minha espada, meu brial de cavaleiro, minha malha de emoções. Fecho parêntese.

Outras sombras me rodeiam. Sombras periféricas, familiares, meus raros amigos não virtuais, espécimes em via de extinção. Supõem que vivo a polir retórica para amainar tormentas da consciência. Suspeitam que meu floreado de palavras esconda sujeira. Vai ver sacaram tudo, direitinho, com todos os pormenores, mas têm pudores de admitir meu envolvimento com a irmã de minha mulher.

Ou, enojados, me acusam de ter ido além do que esperavam. Acho intolerável essa cobrança sociocultural de esperar comportamento monocórdio das pessoas.

Sou cientista. Sei que é impossível reiniciar a aventura biológica do dia a dia aspirando o ar de ontem, de anteontem, da semana passada. No colo da natureza, vida e morte se revezam no seio que alimenta.

Se aquelas sombras familiares esperavam que eu privasse Larissa de provar o elixir da paixão, erraram feio. O lance era outro.

Aconteceu do jeito que foi. Ninguém meteu o bedelho. Ninguém. Nem familiares, vizinhos, passantes, jornalistas, repórteres, nem paparazzi, nem mesmo os insuportáveis telemarqueteiros. Na verdade, nem Larissa foi além das apostas no jogo da sedução. A menos que fingisse, indecifrável, naquela sua pose de esfinge jogando pôquer com as pirâmides faraônicas.

Tudo bem: poetas, escritores, compositores, cronistas, chargistas, filósofos, professores, sociólogos de boteco e o escambau dizem que fingimento ou desdém ninguém sabe o que contém.

Se eu viciei a doutora foi a conta-gotas, vertendo no seu íntimo o extrato de minhas carências. Viciando-me em viciá-la tornamo-nos droga um do outro.

Lembro que, drogada, chapada, viajando, deitada sobre o persa, lânguida, sem a burca doutoral, seminua, Larissa repetia:

"*Isso mesmo, Otávio! Amor proibido é opiáceo, depois que invade, vai fundo. Depois que entranha, não sai. Está mais do que explicado na literatura dos viciados. Cheirado uma vez, cheirado está, chupado uma vez, chupado fica.*"

IX.
Urdiduras

Dirão que o uísque me torna pastoso e recorrente. Contudo, entre um gole e outro, preciso resgatar outros dotes e mimos da doutora Larissa e, claro, os que mais me impressionaram: bonita sem exuberância, doce sem artifício, alegre sem rumor, amável sem lisonja, envolvente sem esforço, tocável sem alarme, imoral sem alarde.

Prossigo nossa história de loucas armações.

Não descarto que, inicialmente, a doutora Larissa tenha decifrado minhas fantasias no seu consultório e, depois, em consequência, encantada com as variações obtidas, projetou-as no telão invisível de suas noites conjugais para aliviar a mulher insatisfeita, malcasada e não amada.

Depois, pinçando meu consciente daqui, meu inconsciente dali, usou-me para fugir da ilusão marital. Posso não me alinhar com o determinismo genético, porém, segundo os psicólogos, quando a mulher casada chega a trair, ela está sinalizando que eviscerou mágoas, exumou decepções, desfez os últimos laços sentimentais atados ao parceiro.

Verdade que no início do nosso relacionamento profissional, ainda mal nos conhecíamos, a doutora, ao ouvir um som característico durante uma sessão, me olhou firme e disse, *"Otávio, me dá licença, um minuto... é o meu marido no celular".*

Primeiro ouvi ruídos, foi o que supus, de folhas ou galhos se desprendendo do lado de lá. Em seguida, presenciei uma avalanche, *"Então você não sabe qual é o elemento-chave no processo de infidelidade da mulher? Se finge que esqueceu, ou esqueceu mesmo, vou lembrar bem lembrado: d-e-c-e-p-ç-ã-o com o marido!".*

Naquela época, eu não conhecia pessoalmente o seu interlocutor. Enquanto aguardava o fim do telefonema, tratei de dar a mim mesmo explicação de biólogo: a decepção conjugal feminina tem um processo de reprodução peculiar. Não chuto, sou cientista. Na condição humana, a natureza psicológica, quando quer e menos se espera, pode imitar a biológica. Digamos que ocorreria uma espécie de mimetismo psíquico. Mas é melhor trocar isso em miúdos.

Quando a mulher se decepciona definitivamente com o marido, ocorre algo assim: uma decepção antiga e quase esquecida se junta a uma nova que reativa aquela, e aí, acasaladas, vão se associar a uma terceira, recente, formando um óvulo sujo. Esse óvulo gera, através de partenogênese emocional, uma colônia de decepções reais. Então, na alma feminina, a fantasia da relação se esgarça, vira pano de chão. E aí, a mulher tolhida de sonhos com o marido, sendo ela mesma pura fantasia, urde a infidelidade. O problema é que urdiduras sentimentais viciam.

Outra coisa. Sempre discordei da propalada boa experiência adquirida com os casamentos de longa duração. Sei de casamentos em que o tempo apodreceu os cônjuges. Bem, uns dizem que o dia a dia é a mortalha da relação. Outros acham que a perda da liberdade individual e o desgaste do jogo de sedução danificam a união. Sem falar nos ônus dos anos que rolam. Porém, todo mundo concorda que o vaivém de acusações esconde algo chulo, mas verdade pura: foi-se o tesão — ausência que deixa os parceiros feito atores sem papel, fantasmas sem escuridão.

Mais tarde, minhas elucubrações se confirmariam, pois Larissa viciou-se sem mágoas nem pruridos. E ela mesma me ensinou com o seu melhor didatismo, "Otávio, não há vício sem viciado, viciado sem tendência, tendência sem motivo, motivo sem história, história sem herói, herói sem frustração, frustração sem extravio ou perda interior".

Tudo isso é abordado já no prefácio do *Amor em família*. Li o texto tantas vezes que, a exemplo de outros, decorei-o:

> *Das sombras familiares surge o confesso à procura do confessor. Atraem-se, juntam-se. Têm liame comum, venial, genético. Engendram cumplicidade entre solidão e solitário, ou seja, sedutor e seduzido compartilham algo que se desviou, perdeu ou ainda vai extraviar.*

E a propósito de enredos, perfídia ou aleivosia em ambientes familiares, o doutor Guilherme costumava dizer:

> *"Questões de família são como objetos que aparecem nos balcões de achados e perdidos no final da festa, mas muita atenção, desde que sejam reclamados!"*

Aliás, Débora também, por algum motivo que não dei, ao menos abertamente, sabe-se lá o que se passa ou não na cabeça das pessoas, tinha lá suas suspeitas dentro, aquém e além das fronteiras familiares. A esperta jornalista resumiu tudo em duas falas precisas.

"Otávio! É muito gostoso ficar papeando em reuniões familiares, mas entre sexos opostos sempre surgem oportunidades para inclinações ou deslizes, pois as personagens têm estruturas e formações diferentes, e por isso mesmo nunca se deve esperar de todo mundo um comportamento íntegro, honesto e linear."

"Lá em casa, por exemplo, Larissa sempre foi a mais sedutora e envolvente das irmãs. E mais experiente! Casou oito anos antes de mim, e, óbvio, ela é mais velha 12 anos que a Giovanna, aquela outra deslumbrada que não alivia nem bissexuais e dá em cima dos cunhados, mas isso é outra história."

X.
Pés no chão

Entre borrões, dobras e rabiscos, em boa hora recupero talvez a página mestra deste prontuário sentimental. Começo pelo resgate do Otávio adolescente. Na verdade, desde a pré-adolescência fui atormentado sem aviso, toque ou cerimônia por sombras desregradas e lascivas. Sobreviver sem nenhuma sequela à insinuação e mesmo à provocação de tais fantasmas teria me obrigado a requerer esclarecimentos ou orientação de psicólogo, terapeuta, ou sacerdote, ou monge, ou padre, ou mago, ou preto velho, ou mãe de santo, ou orixá.

Tendo em vista 1.423 garras pontudas que me ameaçavam no quarto escuro da timidez, tal ajuda jamais aconteceu. Somente muito mais tarde, entrado na casa dos trinta, apesar do fenomenal acanhamento, decidi ser ajudado.

Na condição de biólogo, optei pela ciência.

Tinha esperança de que a timidez ultrajada pudesse armar o meu Quixote que ante moinhos interiores aguardava solerte o vento da vez. Então, procurei solução plausível ao alcance dos dedos. Entrei na internet.

Qual Noé pós-moderno, naveguei quarenta dias e quarenta noites sob o falso anonimato da web.

Avaliei centenas de páginas e currículos. Vencido o dilúvio de nomes, títulos, publicações, referências, congressos, palestras, estágios, residências, dados, números, endereços e telefones, agendei consulta com o profissional que pareceu apresentar o melhor perfil para o meu caso.

Foi assim que em data e hora cuidadosamente marcadas encontrei minha perdição.

"Boa noite, sou a doutora Larissa Pontes, muito prazer, vamos entrar..."
"Boa noite, Otávio Nunes Garcia, o prazer é meu!"

Transpusemos uma saleta de espera onde havia diplomas simetricamente distribuídos nas paredes, bem como aviso extravagante afixado na porta que dava acesso à sala principal, "Entrada proibida a pessoas com os pés no chão".

Perguntei ao meu eu consciente e aos meus múltiplos inconscientes qual seria a intenção do enigmático aviso. Sem obter resposta, entreguei o enigma à sabedoria da espera, certo de que a doutora Larissa nada me esconderia.

Tão logo nos acomodamos, ela perguntou um montão de coisas.

Depois, perguntou mais.

E mais.

Não parou de perguntar.

E perguntou ainda.

Foi rigorosamente um abuso.

E tanto perguntou que no final da consulta eu já lhe revelara todos os meus males em troca de um só dos seus.

Primeiro a doutora só insinuou a barganha.

Em seguida, com aquela sutileza própria dos psicanalistas, ela disse que, assim como eu, tinha também a libido aos pedaços.

Depois floreou, rabiscou, digitou, fez um resumo do encontro no computador e marcou a próxima consulta.

Levou-me à porta, sorriu, apertou minha mão, embaciou meus olhos com dois beijos angelicais e levitou.

TERCEIRO PEDAÇO

XI.
Sala de espera

Frequentei o consultório do doutor Guilherme Pessoa um tempo nem longo como a insônia, nem breve quanto o sonho. Apesar de fino e culto, o psicanalista demonstrava índole torcida, retorcida, destorcida, sofrida, tratada, reparada e recauchutada como a de qualquer mortal. Resultava de comportamentos sociais adquiridos em interação com a herança genética recebida.

Pena que ele não era totalmente sincero e me escondia que o melhor tempero da vida está no festival de imprudências que cometemos.

Eu apreciava mesmo era a sala de espera. Chegava lá e ficava a revirar lembranças enxovalhadas, a trocar ideias com os meus múltiplos malcontentes, e a ensaiar o que ia, ou melhor, íamos dizer. Também imaginava que durante a sessão falaríamos pouco do que presta e muito do que não presta. Enquanto isso o mundo girava, o que não existia dava as caras, o que era novo deixava de ser e o que era antigo já era. Desse modo me antecipei a muitas de suas tiradas, principalmente quando ele invadia minha área profissional com um palavrório previamente elaborado.

"Deus cochilou ao codificar a matriz do genoma humano, então alguns indivíduos já nascem canalhas."

Lembro bem dessa frase porque "canalhas" foi um tema que me garantiu muito pano e conversa fiada dentro e fora do consultório.

A propósito, Débora, que não deixava passar nada, um dia saiu-se com essa:

"Otávio, seu canalha enrustido, confessa de uma vez em sã consciência, se é que teve isso um dia, você nunca me amou e só casou comigo pra azarar a fingida da Larissa no insuspeito ambiente familiar. Tua consciência tem os vícios do corpo e reage conforme o álcool ingerido, mas o castigo virá no tempo certo!".

Respondi-lhe que a natureza intuitiva da mulher retém o pensamento a reboque do desejo. E acrescentei, *"O perigo é que o pensamento, energia altamente sensível, se propaga de forma ondulatória e não mantém razão constante. Por isso, a mulher ao raciocinar é imprevisível, mas intuindo não erra".*

Um dia, ao levar este meu ponto de vista ao doutor Guilherme, ele comentou displicente:

"Cabeça de mulher não vale, ou melhor, não é o que aparenta. Em condições normais de temperatura e pressão se presta exclusivamente à estética. Porém, quando decidida a contrariar um homem, reage na velocidade da luz, despeja argumentos viperinos e geniais numa razão constante e diabólica."

Passado um tempo e encorajado a voltar ao assunto com Débora, foi frustrante ouvir sua reação:

"Cabeça de homem só vale alguma coisa quando pensa na mulher sonhada e, óbvio, nunca será na mulher com quem dorme. Homens ou nascem canalhas ou um dia vão ser! É melhor vocês abrirem os olhos, sei de muitas mulheres preferindo mulheres..."

Convém mudar de assunto para não desfigurar meu prontuário sentimental. Focalizo página atualíssima. Pois bem, minha adorável cunhada sabe com todas as letras e números que, hoje, completo 39 anos. Larissa é precisa ao tratar de segredos, datas e sonhos. Vício freudiano. Pois é. Prometeu visitar-me logo mais à noite, bem tarde. Questão de gosto, desgosto, sabe-se lá o que acontece na cabeça das pessoas, nas estantes do cerebelo, entre as cortinas do córtex. Sobre isso possivelmente ela iria me corrigir:

"Nos baús do hipotálamo, Otávio! A expressão pode não ter precisão científica, mas te dá um banho interior de glamour, e os neurônios dos falsos tímidos precisam disso."

Devo esmerar o que digo. Ideias impregnadas de uísque me trazem a quietude indiferente de servidor público encarando fila. Que serpenteia. A psiquiatria diz que alcoólicos em estado avançado têm visão distorcida e enxergam bichos nojentos, serpentes, lesmas e crocodilos onde não há.

Por enquanto meu distúrbio fica no pavilhão, digo, nos labirintos da audição. Não nego ouvir lamúrias e acusações familiares amplificadas pela voz da consciência e pelo coral dos meus eus malcontentes. Mas onde eu estava? Ah, sim, na sala de espera do consultório do doutor Guilherme. Pois é. Viciado no litígio com sombras valia-me daquelas ocasiões para desarmar a memória recente e escavar a remota. Eu exumava imprudências cometidas quando o subconsciente as liberava. Já experimentara isso, de corpo presente, alma candente e boa vontade, no consultório da doutora Larissa.

Curiosamente, não tenho nenhum escrúpulo de rememorar algumas sensações obscenas. De fato, a doutora Larissa chegou ao meu passado remoto, às minhas ereções primárias e aos meus primeiros ensaios eróticos nos primeiríssimos tempos e espaços escolares, no suposto inocente jardim da infância, por meio de gradativa regressão hipnótica. E assim ela soube que a minha descoberta do prazer erótico veio na palma da professora mais bonita e dedicada que conheci: dona Catarina dos Anjos. Sua mão destra era firme, enquanto a outra, irregular e meio trêmula, me bolinava sob as calças curtas. Ainda consigo rever-lhe a face marmórea, ouvir sua respiração, beber seu hálito de açucena, sentir-lhe o seio macio, cálido, bico intumescido, assediando meu ombro, braço, antebraço, pulso, carpo, palma, até desaparecer na minha boca pelas mãos da fantasia.

Quanta coisa passou por mim naquela sala de espera. Revejo-me agora protagonista de filme preferido. Sim. Sentado numa poltrona à espera da sessão iminente. Na expectativa de que a qualquer momento alguém de barba grisalha, jaleco azul e com crachá abriria a porta para dizer, *"Muito prazer, sou o doutor Guilherme Pessoa, por favor, entre"*.

Porém, todo o tempo que a porta permanecia fechada eu vagava o pensamento, viela aqui, beco ali, tributando labirintos de razões à consciência. Loucos juram que são criaturas normais. Não foi à toa que a sabedoria popular cunhou o provérbio: *"De poeta e de louco, todos temos um pouco"*. E na remição da sua demência, o gênio sincrético de Nietzsche sacou: *"Há sempre um pouco de razão na loucura"*. Mas que dizer das murmurações que me perseguem, e das valas entre o benéfico e o malfeito na minha memória, e dos saltos olímpicos que o pensamento dá?

No meu teatro de sombras, personagens dão sequência ao que penso no tom pouco cerimonioso de conversa em família. Será que o baú da memória tem fundo falso? Cadê o pensamento entulhado do que não presta, já prestou, não prestará?

Enquanto a porta não se abria, imaginava que o doutor Guilherme me ouviria muitas vezes, atencioso, até que, um dia, na maior naturalidade:

"Por enquanto nada de diagnóstico. Isso de memória falhar, dar um branco, ou extrapolar o pensamento, ou sonhar acordado, ou surtar, coisas do gênero, tudo isso pode ser estresse, cansaço, insônia contínua ou, quem sabe, a decrepitude se antecipando, como efeito da erosão alcoólica. Mas também pode ser efeito de um distúrbio mental ainda não qualificado. Vamos continuar o nosso trabalho."

"Falhas de memória parecem fontes turvas, indicam algo remexido, viciado ou a esconder. Mas leve em conta que qualquer dedução provém de fatos, e fatos têm versões, e toda versão tem um dono — a lógica do dono! Por exemplo, isso de decrepitude se avizinhando, meu caro, muitas vezes não esconde os mais tímidos desejos eróticos. Nada a ver com traição da memória! Não raro, preste bem atenção, esses processos seletivos de lembranças só querem esconder a descoberta do erotismo compulsivo, da masturbação induzida, ou outra coisa aleatória, mas nem de longe científica."

"A memória recupera, trai ou se retrai, meu caro, depende do estímulo que recebe. Às vezes, a natureza se cansa ou falha, e os neurotransmissores podem se confundir, emitir sinais errados, ou sinais corretos para destinatário errado, ou mandar tudo errado para o lado errado. Além disso, o envelhecimento, precoce ou natural, sopra mais que poeira, velas e roncos."

XII.
Fantasmas

Quero prosseguir, mas não consigo virar a próxima página do meu prontuário sentimental. Enfim, enquanto a porta do consultório do doutor Guilherme não se abrir aos meus censores memoriais, esconderei a valoração do tempo atrás de cortinas. Não das que vestem as salas de visita, pesadonas e empoeiradas, mas sob os véus de neurônios, embora livros atuais de medicina contrariem conceitos do meu tempo de acadêmico.

Ora, qualquer filósofo de calçada, outro espécime social em via de extinção, reconhece que o homem pós-moderno ensandeceu. E que manipula na consciência um leilão de valores imediatos onde o maior lance arremata os artigos da vez na loja de conveniência mais próxima. Resumo: moda, marketing e mídia ditam, exploram, e arrematam o preço, aliás, o valor do senso comum.

Porém, ainda não me entreguei. Ainda. Meus eus malcontentes conseguem me livrar de tudo quanto é farsa embrulhada pra presente. Inclusive de chantagens emocionais. Não aceito, por exemplo, que Débora me acuse de abrigar moral frouxa, intenções devassas. E de violentar uso e desuso da memória. E que me acuse de ver Larissa exclusivamente como objeto de desejo.

Admito ter tido sonhos eróticos com a doutora. Mas descontínuos, sem nexo. Qualquer psicólogo maldormido e bem-pago diz que sonhos são manifestações bizarras do inconsciente, essa penitenciária íntima onde nossos fantasmas cumprem castigo exemplar.

A propósito, a doutora Larissa me dizia sobre os meus perseguidores fantasmas noturnos:

"Se não são fantasmas de verdade, são os seus eus malformados, malcontentes, mal-resolvidos durante o dia, e que se valem do sono ou de falhas na atenção para enviar mensagens simbólicas nem sempre claras."

Nenhum escândalo nisso, nada excepcional. Todo mundo tem o seu eu malcontente que não se deixa fotografar, fichar, escanear, catalogar.

Daí ser quase impossível sabermos, dia e noite, sai ano entra ano, o que viceja atrás da pele enrugada, melhor dizendo, da testa pregueada das pessoas. Quase impossível porque Débora, que sempre teve a ousadia de ler meus pensamentos, me disse mais de uma vez:

"Na nossa festa de casamento você dançou meio esquisito com a Larissa. Tudo bem. Ela era madrinha, mas você colou demais..."

"E eu vi um brilho de paixão nos olhos dos dois... Não deu pra ouvir o que diziam. A orquestra bombava!"

"Mas deu pra perceber entre vocês uma estranha cumplicidade, uma coisa quase palpável..."

Cumplicidade?
Solidariedade seria a expressão correta, pois quando a dança acabou a doutora Larissa apoiou-se no meu ombro, e eu, claro, percebendo o seu desmaio a caminho, talvez pelo calor, abracei-a. Tão discreto quanto possível levei-a para fora do salão. Lógico que Débora não deixaria passar.

Ainda posso ouvi-la:

"Tentei acreditar que ela se sentiu mal por causa do calor, mas o ar-condicionado estava funcionando muito bem! Acho que a Larissa se entregou pelo suor das mãos. Naquela época, eu não sabia que a alma das pessoas também pode fluir pelos dedos."

Mulheres são capazes de esquadrinhar o passado longínquo nos mínimos detalhes: cores, trajes, nomes, feitios, sons, penteados, joias, variações, combinações, acompanhamentos, flores, pregas, costuras, adornos, presentes, ausentes, sabores, odores, dissabores, deslizes, supérfluos e inúteis de uma festa de casamento.

Então, nada de extraordinário na demolidora e implacável Débora:

"Você, Otávio, tanto cantou, cantou, cantou, que seduziu a minha irmã! Estou até vendo. Com a sua lábia de falso tímido, deve ter dito que iria possuí-la com os dedos... e Larissa deve ter se encantado com a ideia. Eu demorei a entender que vocês chegaram a um orgasmo digital, literalmente!"

Débora nunca perdoará os prestidigitadores de ideias. Nem compreenderá que tento recuperar imagens arquivadas por um Otávio que arrebatou minha cabeça.

Também sei que é inútil qualquer esforço para convencê-la. Tem pulso e alma de jornalista: só importa o que repercute.

E nunca entenderá que o desmaio da doutora foi consequência do calor abrasivo, embora humano. Simples assim: apertei seu corpo junto ao meu e, invertendo papéis, fiz ali o que ela sempre fizera comigo nas sessões de psicanálise. Claro que a dominei, mas sem hipnose. Contei-lhe uma história em clima de mil e uma noites, e feérico a possuí. Não com o falo. Só com a fala.

O Otávio libidinoso que hospedo foi protagonista do episódio. Sabedor de que toda mulher deseja retornar à pieguice de onde pensa que veio ao menos uma vez na vida, meu hóspede a sequestrou em carruagem de cristal sob um tropel de poemas. Naquela noite, descobri que a doutora Larissa, apesar de um casamento de cinco anos, acabara de atingir o seu primeiro múltiplo orgasmo. Corrijo-me, nada descobri. Ela mesma confessou baixinho. Entremeou suas notas gemidas nos metais da orquestra e no meu ouvido. Em seguida desvaneceu.

Tempos e nuvens passam. Dúvidas não.

Somente na fronteira noturna entre ontem e anteontem compreendi o significado daquele desmaio. Ao encerrar minha leitura à luz de velas, o espectro de um sagaz Albert Camus me tirou o livro das mãos, fechou-o, me deu boa-noite e soprou a chama até extingui-la com um sussurro, *"O amor é um ato de confissão"*. Aí então, algo fantástico aconteceu. Em vez de o breu invadir o quarto, tudo ficou claro.

XIII.
Papo-cabeça

Ainda bem e finalmente que meus censores memoriais estão liberando agorinha mesmo as páginas dos encontros com o doutor Guilherme Pessoa.

Revejo tudo. De barba grisalha, jaleco azul, sem crachá, ele abriu a porta e com simpatia disse, *"Muito prazer, sou o doutor Guilherme Pessoa, por favor, venha, não se intimide com os meus diplomas na parede, pois aqui a entrada só é proibida a pessoas com os pés no chão".*

A primeira sessão no consultório do doutor Guilherme rolou animada. Oxigênio e vida regaram o papo-cabeça, como diz a galera. Psicanálise? Acho que o lance era outro. Talvez quisesse mostrar sua esmerada técnica de psicoterapeuta para impressionar. Ou para me descontrair. Tinha estilo próprio de propedêutica, quero dizer, de preliminares da consulta.

"... O ato de inspirar e expirar oxigênio é a nossa circunstância vital do primeiro ao último minuto. Não podemos evitar, nem modificar. É mecânico. Cada pessoa, sem que ninguém tenha ensinado, respira do seu modo, da sua maneira. Chamamos isso de

individualidade. Nos grupos sociais, a individualidade pode ser modificada pelo aprendizado, pela educação, cultura, religião etc."

"Sei."

"Ninguém nasce pronto, ou conformado, ou rebelde, ou herói, ou covarde, meu caro senhor Otávio. O meio e as circunstâncias vão moldando o indivíduo que reage assim ou assado, até ganhar um perfil conhecido de si mesmo, reconhecido no grupo em que vive, e aí, sim, a individualidade se cristaliza e finalmente enseja a personalidade."

"Sei."

"A personalidade pode ser trabalhada, adulterada, corrigida, pacificada. A propósito, minha colega, doutora Larissa, me passou observações clínicas confidenciais a seu respeito, mas prefiro que o senhor me confirme, de viva voz, o motivo para procurar um psicanalista."

"Timidez."

"Hummm! Por exemplo!"

"Penso muito, sou viciado em pensar, falo pouco, enxergo só o necessário, ouço o conveniente, argumento o insuficiente, sorrio discreto, choro escondido, não suporto televisão, detesto vulgaridades, não entro em fila, não frequento banheiro público, não gosto de trabalhar em grupo, abomino telefone celular... só uso camisas de cor escura sem listras nem quadradinhos, não uso jeans, bermudas, não suporto ver pessoas se beijando na rua, não gosto de acenos nem de apertos de mão..."

"Que mais?"

"Ahnnn!"

"Dê outros exemplos de sua timidez!"

"Não compareci à colação de grau nas faculdades que cursei, não dirijo automóvel, não aciono relógio despertador, não consigo

xingar, nem dizer palavrão, alguma gíria vá lá, e sou difícil de fazer amigos, de fazer relacionamentos sociais, enfim, gosto de estar só."

"Não gosta de conhecer pessoas, de fazer novas amizades?"

"Não tenho motivo nem interesse!"

"Alguma razão para isso?"

"Ahnn! É que cada pessoa é um mundo próprio, um universo, já me bastam as pessoas que conheço."

"Que mais? E sua parte afetiva, os namoros...?"

"Só namoro pessoas, como direi, mais chegadas, bem próximas, familiares, ou apresentadas por pessoa de confiança."

"Ok. Fale do seu namoro atual, fique à vontade."

"Atualmente namoro uma pessoa esclarecida, viajada, corajosa, tem quase a minha idade, trinta e tantos... Ela entende minha timidez, minhas manias... Estamos pensando em casamento... mas tenho algumas dúvidas, apreensões..."

"Hummm! Essa pessoa é mulher?"

"Ahnn!"

"Fique à vontade."

"Ahnn! Claro, sou hétero, e Débora além de boa moça é lindíssima! Apesar de muito feminina é decidida, e escolheu a profissão certa, gosta do que faz — é jornalista, atua como correspondente internacional."

"Débora é um belo nome! E bíblico! Como se conheceram?"

"Ahnnn? Pode soar estranho, mas foi no falso anonimato da internet, bem, e através de uma amiga, aliás, bem, uma de suas irmãs nos aproximou..."

"Mas o que sente por essa moça? O senhor ainda não falou de sentimento nem o que pretende com o casamento. Pensa em filhos, casa com piscina, garagem dupla, telão de TV na sala, churrasqueira, labrador?"

"Não é por aí! De fato não queremos filhos no início. Iriam atrapalhar minha rotina e a carreira de Débora. Ela viaja muito para atender seus compromissos com jornais, revistas, TV."

"E onde entra o amor? Vocês se amam? O senhor até agora não falou de amor, nem da química do amor! Também não falou da busca da felicidade..."

"Bem, é difícil achar a felicidade num encontro de pessoas. E mesmo um biólogo não consegue medir a química do amor. Aliás, Shakespeare já dizia que é pobre um amor que se pode medir..."

"Mas afinal o que importa nesse relacionamento?"

"Ahnnn! Bem, importa mesmo é que ela gosta de mim e acha minha timidez um charme! Deve ser compensação. Débora é superextrovertida!"

"Acha que Débora tem maturidade e sensibilidade para saber o que quer?"

"Bem, achamos que o casamento nos convém e, quem sabe, na sua companhia, eu melhore da timidez."

"Vamos com calma, então vai ser um casamento à moda medieval, uma união de brasões, de conveniência?"

"Temos pensado nisso. Débora e eu somos pessoas inteiras e não frações de pessoas buscando sua parte complementar. Também sabemos que estamos na fase de querer realização pessoal. Ainda assim, achamos que o casamento pode nos dar uma força..."

"Ok. Já pensaram no tempo em que não estarão juntos? Que vai fazer quando estiver sozinho?"

"Sem problemas. Quando ela viajar a trabalho ficarei com as minhas pesquisas solitárias. Um ponto favorável é que já somos... pega mal dizer isso, que somos... bem... não teremos preocupações econômicas."

"Ok". Entendi, são ricos. Mas o que julga como ponto principal para vocês se unirem no casamento?"

"O ponto principal é que ela entende minha timidez, as minhas manias, o meu modo retraído, assim meio esquisito. Bem, e de minha parte, eu compreendo a sua necessidade social de buscar, de investigar, de saber. Acho isso porque o mundo ficou muito padronizado, massificado, com os efeitos da globalização, da moda... Então ninguém se esforça para entender uma variação de ponto de vista, ou aceitar que outra pessoa pense diferente, ou que veja as coisas de outro modo, sinta de outro jeito, e não queira aderir ao que todo mundo veste, bebe, come, lê, ouve, faz..."

"No futuro terá outra visão, pois o casamento é uma instituição que pode transformar pessoas dóceis em tiranas, desprendidas em mesquinhas, sonhadoras em incrédulas, e as de bom caráter em vilãs."

"Isso está nos manuais?"

"'Isso' está no dia a dia! Asseguro que é muito complexa a relação entre homem e mulher, entre o falo e a fala..."

"Gosto de ler, bem, leio muito, há boa literatura sobre o casamento?"

"Livros precisam ser lidos com espírito crítico. Palavras impressas não contêm necessariamente a verdade. Hoje em dia qualquer um se mete a escrever e publicar. Casamento não é coisa para ler, é experiência para se viver. O problema é que as pessoas apostam alto no casamento e em geral perdem, se desiludem e jogam fora esperanças, sonhos, vigor, dinheiro, bons tempos."

"Com a sua experiência, qual dos parceiros sai ganhando com o casamento?"

"A longo prazo quem ganha perde, e aí se perde."

"Como assim?"

"*O parceiro que se impõe sobre o outro acaba desfigurando a ambos. O ideal é que haja empate, comunhão, ou seja, que os dois saiam ganhando. Raros casais conseguem isso. O casamento tem fases, estações, tempos, ritos, fantasias, intervalos.*"

"*Então, o casamento seria um teatro?*"

"*Algo parecido com a comédia, vá lá, tragicomédia caseira, mas com encenação permanente. O problema é que o tempo passa e os personagens cansam de representar, retiram máscaras, emudecem, enquanto a cortina da vida sobe, desce, apodrece.*"

"*Parece assustador!*"

"*Não se assuste! Só quero alertá-lo!*"

"*Sei.*"

"*O casamento moderno precisa ser visto como parceria. O que é bom para um parceiro não pode ser ruim para o outro e vice-versa... Ser bom para os dois é loteria, jogo, mesmo que as pessoas se esqueçam de jogar e percam a sua vez.*"

"*Sei.*"

"*Verdade que se não existissem problemas no casamento, com suas ilusões e desilusões, quantos estariam sem profissão, sem emprego, sem renda, sem pesquisar, sem escrever, sem ler, sem viajar, sem beber, sem fumar, experimentar isso e aquilo?*"

"*Sei.*"

"*O homem cria problemas porque precisa deles.*"

"*Sei.*"

"*Faz parte do processo evolutivo da espécie, a rigor dos interesses da espécie. Veja quantos bilhões de dólares movimentam as indústrias de produtos que amenizam a dor, a tristeza, a infelicidade, a timidez, o pânico, a ansiedade, a angústia, ou que reduzem o apetite, mudam o humor, agilizam a memória, estancam hemorragias, equilibram a pressão sanguínea, atuam sobre o sono, melhoram a visão, despertam a libido, ressuscitam a ereção... Bem, nosso tempo acabou. Em geral, na primeira conversa falo mais do que o cliente. Faz parte da técnica que utilizo."*

"Sei."

"Ok. Na próxima sessão será diferente. Vamos nos ver na semana que vem, quinta-feira, mesmo horário."

XIV.
Uma semana depois

"*Como passou, ah, bem? Ótimo, então tudo bem? Ok. Vamos aproveitar nosso tempo. Recomeçaremos do ponto principal. Do motivo que o trouxe ao consultório, bem, falo daquela timidez...*"
"*Ahnn! Timidez? Sim, claro, da minha timidez.*"
"*Desde quando acha que tem essa timidez?*"
"*Vou responder como biólogo. Acho que há milhares de anos! Veio na minha carga genética, nos meus cromossomos. Pesquisei meu DNA e a história de meus ancestrais diretos. Alguns largaram tudo e foram viver em mosteiros na Espanha, França, Itália, e em Portugal.*"
"*Hummm! Além de ciências biológicas que mais estudou?*"
"*Jornalismo, astronomia, história, medicina...*"
"*Interesses bem diversificados, hein? Talvez um mecanismo inconsciente para compensar a sua limitação quanto aos relacionamentos pessoais... já pensou nisso?*"
"*Ahnn! Não, não pensei nisso, acho que é o impulso de sair pesquisando tudo...*"
"*Tudo bem. Formou-se afinal em quê?*"
"*Ahnn! Em ciências biológicas e jornalismo, com muito esforço, mas não fui à colação de grau, detesto público. Achei que na área biológica poderia render mais, com paciência, trabalhando sozinho.*"

"Sabe que hoje em dia nem astronauta consegue se isolar? As naves espaciais agora só levam grupos!"

"Penso diferente. Médicos precisam de pacientes; economistas precisam de crédulos, me desculpe a sinceridade; advogados precisam de incautos, me desculpe a irreverência; contadores precisam de agentes econômicos e recibos; chargistas precisam de figurantes sociais; astrólogos precisam de astros e estrelas no céu e na terra; jornalistas, escritores e poetas precisam de leitores, repercussão, comentários e reconhecimento. Biólogos não precisam de nada e de ninguém. De um ou outro bichinho, uma mosquinha boba, vá lá!"

"Curioso o seu modo de ver o fio condutor da interatividade social. Também tive a impressão de que deu certa ênfase ao falar de jornalistas, poetas e escritores, ou seja, agentes sociais que mexem com palavras e papel, como diriam os americanos. Vamos por parte, do ponto de vista de biólogo, como vê os escritores?"

"Acho que escritores são vertebrados de histórico evolucionário duvidoso que degeneraram ao constatar que eram de mentira os seus elos com a imortalidade. Em desespero, procuram na alquimia das palavras uma sopa orgânica que os regenere e ao mesmo tempo uma fórmula mágica que os imortalize."

"Hummm! E que me diz dos poetas?"

"Acho que poetas são espécimes superiores que sobreviveram ao processo de seleção natural, mas se arrependem disso, e aí então purgam, vertem poemas."

"Sua originalidade é intrigante! De onde vem essa experiência com poetas e escritores?"

"Bem, na verdade leio muito e observo o entorno, com microscópio ou luneta, e interpreto ao meu modo o que está escrito nas entranhas zoológicas ou nas estrelas celestes — também por isso vejo o mundo como um drama, digo poema inacabado..."

"*Hummm! Nessa linha dramática, ou poemática, vá lá, quais os poetas que mais o impressionaram?*"

"*Os franceses Baudelaire e Racine...*"

"*Algo em particular de Baudelaire?*"

"*O verso 'Je suis de mon coeur le vampire'.*"

"*Hummm! E de Racine, algo em particular?*"

"*Ahnn! Sim, na peça teatral,* Fedra, *o verso: 'Je respire à la fois l'inceste et l'imposture'.*"

"*Hummm! Hummm! Bem sintomático! Anotei isso. Mas qual a razão da preferência por poemas em língua francesa?*"

"*Meus pais eram cultos, conheceram-se na França, quando estudavam na Universidade de Montpellier... e, acho, por algum acordo, ou coisa parecida, lá em casa só falavam o francês. Bem, acostumei o ouvido desde pequeno...*"

"*Ok. Pegando carona no idioma francês, o que pensa dos chargistas?*"

"*Acho que chargistas são vertebrados superiores de grande acuidade visual e poder satírico que entortam o traço pra acertar desvios alheios.*"

"*Hummm! E o que acha dos biólogos?*"

"*Biólogos são vertebrados superiores solitários por livre escolha. Eu, por exemplo, me tranco no laboratório com fórmulas, lamínulas, éteres, cubas, plâncton, frascos, microscópio... Se a experiência sai errada, recomeço. Se dá certo, comemoro. Tudo sozinho, claro...*"

"*Muito bem. Onde pesquisa?*"

"*Tenho um pequeno laboratório doméstico.*"

"*Hummm! Já sei que não tem preocupações de ordem financeira, mas como se sustenta, ou melhor, qual é a estrutura que o mantém?*"

"*A herança de meus pais... Faleceram num acidente de automóvel... Eu tinha menos de vinte anos...*"

"Sinto muito mesmo! Como se chamavam?"

"Osvaldo e Irene."

"Não tem irmãos, outros parentes?"

"Era, bem, sou filho único. Meus pais também não tinham irmãos. Tem sido assim, estou sempre só. Quando cheguei à maioridade entreguei bens, empresa e recursos para um banco administrar. Também ganho alguma coisa no exercício da profissão — nenhuma loteria!"

"Não é intromissão, e estamos sob estrito segredo profissional, qual era o ramo de negócios de seu pai?"

"Sem problemas. Um ramo imbatível... coisas da pós-modernidade: lojas de inutilidades para presente!"

"Compreendo. Já se submeteu a exames de Q.I.?"

"Já. Na faculdade, quando estudava."

"E o resultado?"

"Acima da média. Isso ajuda em alguma coisa?"

"Uma teoria psicológica diz que órfãos, geralmente primogênitos, podem suprir cortes afetivos potencializando a própria inteligência. No processo de compensação, alguns chegam à genialidade. A propósito, me diga uma coisa, com quem mora atualmente?"

"Moro só. Bem, tenho uma espécie de supergovernanta, Berenice, digo, dona Berenice, dos tempos de minha mãe. Ela manda, desmanda, contrata diaristas, auxiliares, jardineiro, ou ela mesma quando quer faz tudo, limpa, lava, passa, cozinha, arruma, cuida do jardim, de mim, é quase uma... segunda mãe... bem, folga aos domingos."

"Ok. Fale um pouco do seu trabalho!"

"Em geral pesquiso novos fármacos, mas também faço pesquisas genéticas e outros tipos de investigação. No momento, testo a resistência de protozoários a substâncias recém-descobertas e fora do mercado."

"*Tem algum projeto especialmente importante?*"

"*No rascunho. Quero desvendar um dos maiores segredos da natureza: a base biológica da consciência.*"

"*Acha que a consciência não é só psicológica?*"

"*Acho. A natureza biológica do cérebro é muito mais sábia do que parece. É quase divina. Imagine que há pessoas capazes de falar em dez idiomas!*"

"*A propósito, conhece quantos idiomas?*"

"*Bem, uso o inglês por imposição dos tempos, o francês por influência familiar, o italiano pela musicalidade, o latim, o grego e o hebraico por certo saudosismo, o alemão para interpretar o mundo com maior precisão. E o árabe quando preciso me purgar. Ah, sim, e o espanhol, pela sua carga pesada de dramaticidade, quando preciso — e é muito raro — extravasar ao máximo uma indignação...*"

"*Ok. Bem, nosso tempo acabou. Vamos nos ver na próxima terça-feira, no mesmo horário.*"

QUARTO PEDAÇO

XV.
Interlúdio

Estou sempre desfrutando meu tempo, embora pelo tempo seja também consumido. E alguém foge ao tempo que sempre passa? Acho que o tempo é uma das máscaras divinas. Grande ou pequena, microscópica ou estelar. Está em toda parte e ninguém vê.

Às vezes, também acho que Deus criou o tempo feito um brinquedo em momento de distração. Depois, enfastiado, largou-o por aí a perambular encolhido ou estendido, pra cima e pra baixo, aos sopros ou à deriva, pra frente e pra trás, nem circular, nem linear. Sem minha lupa, minha luneta e meu destilado, melhor não aprofundar. De todo modo, descrever o lugar onde o tempo me consome é dever de confesso e confessor.

Minha casa tem altos e baixos, lados, fundos, e jardim na frente da simpática ruazinha que debruça seus confins e muradas sobre o antebraço da mata atlântica, aos pés do Cristo Redentor, no morro do Corcovado. No andar de cima, a exuberância do verde vaza as janelas e só falta dizer, "Oi, me aproveitem, ainda estou por aqui!".

Nesta ruazinha entre os bairros da Gávea e do Jardim Botânico, transitam antigos amadores, bem como novos profissionais. Tem de tudo: panfletistas, moradores, passeadores de cachorros na coleira ou de passarinhos engaiolados, agentes de segurança particular, cadeirantes, acompanhantes com e sem companhia, domésticas, pichadores, carteiros, garis, desocupados, mendigos, entregadores de jornais, de pizza, de medicamentos sem receita, e portadores de drogas leves ou pesadas, ou pesadas de leve, de improviso. E também provedores de refeições ligeiras, de comida a quilo, de sexo calibrado. E ainda, a pessoa mais interessante do bairro: senhor de meia-idade que nunca foi enganado, furtado, assaltado ou atropelado. Débora o entrevistou a pedido de revistas estrangeiras. O cara virou celebridade de um dia para outro. E Débora fez enorme sucesso.

Quase na esquina, duas baianas vistosas, Maria Quitéria e Nazaré, irmãs de sangue e alma, contrariam bordão de que a vida é amarga, fria ou insossa. Vivem cercadas de quindins, cocadas, cuscuz, bolo de aipim, pés de moleque, fogareiros, abará, bolos de estudante. Fazem ponto ali há tanto tempo que o seu tabuleiro, ao menos na minha visão, se integrou ao plano urbanístico.

Discretamente, também jogam búzios e leem as mãos de passantes dispostos a saber o que lhes reserva o futuro. Mantenho com as irmãs bom relacionamento. Toda sexta-feira, nas chamadas horas entre o lobo e o cão, uma ou outra me traz um pé de moleque dentro da calcinha de cetim barato sob remoinho de saias. Conhecendo de sobra minha timidez, e sendo intérpretes do que as mãos revelam, tomam a iniciativa. O resto é pura adivinhação.

Voltando ao lugar onde o tempo me consome, registro que o carro de Débora preencheu a garagem — sem utilidade havia anos. Modernizamos a casa. Mexemos na decoração do andar de cima, trocamos carpetes, tapetes, móveis e sofás. Promovemos meu quarto de solteiro a suíte de hóspedes. Mais uma. Reformamos e ocupamos os aposentos anteriormente usados por meus pais.

No andar térreo, deixamos em paz o laboratório e, ao lado, montamos um estúdio adequado às exigências de jornalista internacional. Próximo à garagem, reformamos e mobiliamos modernamente três pequenas suítes, sob muxoxos de Débora, que achava extravagância proporcionar tanto conforto aos empregados domésticos.

Aliás, dois meses antes do nosso casamento, Berenice contratou uma auxiliar para ajudá-la de modo permanente nas tarefas domésticas. Argumentou que, depois da reforma, a casa ficara maior, e que a ajuda de empregadas diaristas já não satisfazia, e também que os serviços dobrariam com mais um morador, ainda mais sendo mulher e "patroa". Disse "patroa" assim mesmo, visível, soante e entre aspas.

Prontificou-se a trazer sua irmã mais nova, Dora, já bem treinada como diarista intermitente há anos na casa. Acrescentou que Dora iria manter em condições permanentes e sob iguais condições de trabalho os padrões de atendimento a que eu me acostumara em tudo o que fosse necessário. Ou seja, despida, digo, desprovida de pudores e preconceitos.

Em verdade, tudo seria provado e comprovado pouco a pouco apesar dos embaraços, percalços e melindres comuns à minha timidez. Sem dúvida que a partir do baixo-ventre e a meio metro de distância, pouco mais, pouco menos, Dora, como em outros tempos, ainda recendia a jasmim.

XVI.
Um mês depois

"Boa tarde, como tem passado? Tudo bem? Está me dizendo que faz um mês que iniciamos nossos encontros? Exatamente. Vejo que está bem orientado no tempo e espaço segundo nossos parâmetros ocidentais. Ótimo, estamos nos conformes. Hoje vamos começar por outra dimensão do tempo. O seu tempo de lazer. Diga o que gosta de fazer como entretenimento e coisas do gênero..."

"Bem, gosto de música erudita, adoro sopranos, cinema mudo, desenhos animados antigos, pintura renascentista, modinhas populares bem antigas, ensaios científicos, biografias, enciclopédias, leitura da Bíblia..."

"Que mais? Lê jornal, faz esporte, ginástica, pilates, dança, vai ao cinema, ao teatro, gosta de praia, altinho, carnaval, futevôlei, vê televisão?"

"De jornal só leio o imponderável: obituário, previsão do tempo e horóscopo. Odeio praia, esporte, ginástica, discoteca, carnaval, barulho amplificado... TV só quando me distraio e ligo o controle remoto sem querer, aliás, quando confundo com o controle do DVD. Adoro cinema mudo, tenho uma cinemateca, bem, tenho também uma grande curiosidade pela literatura..."

"Sendo biólogo, o que busca na literatura?"

"Ahnn! Bem, tento conhecer outras interpretações da existência, da finalidade da existência humana."

"E teria encontrado alguma coisa útil, melhor dizendo, interpretações interessantes?"

"Bem, estou quase me convencendo de que a literatura é mais uma tentativa ilusória de retratar a complexidade da experiência humana..."

"Então acha que a existência humana seria uma experiência?"

"Não sou filósofo, sou biólogo, mas se pensarmos que o universo é uma imensurável experiência em sessões permanentes, diria que a existência humana é a nossa parte, a sessão consciente dessa experiência..."

"Hummm... Leu Proust?"

"Só as primeiras mil páginas da Recherche, pois logo compreendi que a crise existencial do homem em qualquer época deriva da consciência do tempo perdido."

"Hummm... Então me dê um exemplo, em termos existenciais, de onde e em que perde seu tempo?"

"Por exemplo, ao caminhar pelas ruas, perco vinte minutos por dia esperando abrir o semáforo. Em trinta dias são seiscentos minutos, ou seja, dez horas por mês, que em 12 meses equivalem a 120 horas, que totalizam cinco dias por ano. Em 73 anos, terei perdido um ano de vida observando automaticamente o sinal verde, amarelo ou vermelho dos semáforos."

"Hummm... anotei isso, bem, seu exemplo não deixa de ser cômico. A propósito, leu Balzac?"

"Acho que toda a Comédia humana..."

"Hummm... E que achou da Comédia humana?"

"Trágica, ou seja, muito real!"

"Hummm... suponho que também tenha lido tudo do bardo inglês. Leu mesmo?"

"Acho que sim, acho que quase tudo."

"Hummm... E dele, tem alguma obra, tragédia ou personagem preferida?"

"Sim, sempre me emociono com Hamlet!"

"Alguma coisa em particular?"

"Não sei se é porque trabalho com substâncias venenosas ou... Imagine que, uma noite dessas, sonhei com a traição de Cláudio, o tio incestuoso, e que eu era o príncipe da Dinamarca querendo vingar meu pai!"

"Não lhe parece que traição, incesto, vingança e veneno aparecem quase sempre juntos, ou, melhor dizendo, em sequência, nas peripécias humanas, na vida como ela é?"

"Ahnnn!"

"Aproveitando o gancho... Chegou a ler o nosso genial Nelson Rodrigues?"

"... li o suficiente, quero dizer, deixei-o de lado porque fiquei deprimido com a sua exaltação imoral do amor..."

"Hummm! Na sua estante tem livros de escritores preferidos?"

"Só leio escritores mortos. Deixei de ler os vivos."

"Algum motivo?"

"Sou biólogo. Ao ler um livro de escritor vivo, começo a dissecar o núcleo e as membranas de suas ideias. Tento descobrir drogas sociais e psicológicas entranhadas na escritura da autora, digo, do autor. O que seria prazer vira pesquisa, obrigação. E prazer não combina com obrigação, são coisas extremas, como o preto e o branco, a vida e a morte!"

"Se o Machado de Assis ressuscitado estivesse na minha cadeira e ouvisse isso iria dizer que 'a verdade é essa sem ser bem essa'."

"Ahnnn!"

"Mas vamos em frente. Na sua condição de biólogo, profissionalmente, tem consciência da morte? Falo da morte do ser humano."

"Claro, vejo a morte biológica do ser humano como uma grande colônia de aminoácidos que perde energia e se desfaz. Quanto ao fim da nossa existência filosófica, pensante, ainda não pesquisei, mas sei que alguns usam eufemismos como 'passagem'... ou 'travessia'... para explicar esse fim..."

"É natural. Até os trinta anos, a morte só existe para os outros. Aos quarenta, para alguns. Aos cinquenta, para muitos. Aos sessenta, para qualquer um. Aos setenta, para todos, numa boa... No interior da China, os muito idosos, para poupar trabalho à família, já dormem em caixões e vestem a mortalha em vez de pijama... se não acordam no dia seguinte..."

"Sei."

"Fora da profissão, faz alguma coisa criativa?"

"Gosto de jogo de palavras, de metáforas e, às vezes, faço poemas."

"Hummm! Escreve poemas? Interessante isso. E acha que os seus poemas têm alguma, digamos, funcionalidade?"

"Claro, funcionam como estabilizadores no meio da tormenta."

"Hummm! Estabilizadores? Mas o que contêm esses estabilizadores, ou melhor, esses poemas? Seria alguma tecnologia aerodinâmica de última geração, alguma substância mágica?"

"Ahnn! Bem, acho impossível saber ao certo. Pelo que sei, poemas codificam e lacram simultaneamente instantes anímicos e sensoriais de quem os faz, portanto são vedados aos sentidos, enfim, à percepção de quem os lê. É isso. E acho que ninguém consegue tirar o lacre de um poema terminado, nem mesmo o autor."

"Hummm! E tem musa... ou... 'muso' para os poemas? Fique à vontade."

"Ahnn! Musa! Tenho sim, mas ela é temporária."

"Se entendi bem, essa temporalidade funcionaria feito um interruptor pra ligar e desligar a relação. Sua musa existe mesmo, ou melhor, ela é real? Falando francamente, tem transa na relação?"

"Claro que ela é real! E acho que transar por transar ainda é humano! Aliás, estaria tudo ótimo se não houvesse um dilema!"

"Qual é o dilema?"

"Minha musa é proibida!"

"Musa proibida? Já entramos no século XXI, meu caro, e neste país de merda — desculpe a sinceridade —, entre o proibido e o permitido, valem a conveniência da vez e a conveniência de cada um! Se criou motivo de foro íntimo para tornar sua musa uma criatura proibida, isso é diferente! Ela é viúva, casada, prometida, noiva, freira, ou namora outro cara, outra moça?"

"Ela é casada, mas já não mora nem vive com o marido."

"Então não é mais proibida!"

"Mas é que há muitas formas de proibição, acho, e, bem, eu a vejo e trato como se ainda fosse casada."

"Imaginá-la proibida preenche sua fantasia erótica, estimula a sua libido?"

"Bem, 'nada no mundo se compara à entrega de uma mulher casada. É algo de que o homem casado nada sabe a respeito'."

"Hummm! Essa frase é de quem?"

"Oscar Wilde."

"Hummm! Continuando... e mulher solteira não lhe serve como musa?"

"... nada como a entrega da mulher casada..."

"Vou mudar o enfoque da pergunta. Mulher virgem lhe diz alguma coisa tipo assim: receio, ansiedade, angústia, calafrio, temor, medo?"

"Não, não sofro de partenofobia!"

"Muito bom. Acho que a cultura da pós-modernidade está eliminando esse medo mórbido, e é cada vez mais raro alguém ter medo de mulher virgem... Ok. Vou entrar num campo polêmico, e esqueça que é biólogo. Tem algum tipo de superstição, por exemplo, com datas, cores, números, passar debaixo de escada...?"

"Superstição acho que não, tenho predileção pelo número três."

"Alguma razão especial?"

"Pra mim, três é perfeito. Três são os estados da matéria; presente, passado e futuro me bastam; três lados formam o triângulo; três estágios indicam início, meio e fim de todas as coisas; Pai, Filho e Espírito Santo formam a Santíssima Trindade do catolicismo, e por aí vai..."

"Algo mais sobre o três?"

"Os versos do haicai; as grandes pirâmides do Egito; os elementos da alquimia, mercúrio, enxofre e sal; as Horas — filhas de Zeus e Têmis — que simbolizavam as estações do ano, e que acabaram dando nome às frações do dia..."

"Mais alguma coisa sobre o três?"

"Na física, as cores primárias são vermelho, amarelo e azul... No código de trânsito: vermelho, amarelo e verde."

"Nada mais sobre o três... alguma coisa ligada à parte afetiva?"

"Bem, sei que três agentes são necessários à manifestação do ciúme."

"Algo mais envolvendo afetividade?"

"Sim, claro, três são as personagens do adultério: marido, mulher e amante. Dizem que o amor com três agentes é mágico!"

"Hummm! Suponho que o número três ainda tenha outro valor especial para o senhor, talvez bloqueado no inconsciente."

"*Ou no meu mapa astral. De vez em quando confiro algumas trajetórias com a minha luneta. Sabia que na constelação de Órion se destacam as Três Irmãs? Sou vidrado nelas.*"

"*Ok. São as Três Marias. Mas passando do céu à terra, disse que conheceu Débora através de uma irmã?*"

"*Foi isso.*"

"*Tem algum interesse pela irmã de Débora?*"

"*Ahnnn! Não entendi.*"

"*Cunhadas atiçam o imaginário masculino. Aliás, um personagem de Nelson Rodrigues largou essa frase monumental, 'Quem nunca amou a cunhada não sabe o que é o amor'.*"

"*Ahnnn! Acho que li isso... Ahnnn! Mas ainda não me casei, não tenho cunhada, bem, assim no papel...*"

"*Hummm! Com papel ou sem papel a diferença é nenhuma em termos de interesse afetivo...*"

"*Ahnnn! É que...*"

"*Vi que não está à vontade. Vamos voltar ao seu lazer... Disse que gosta de música clássica, pois bem, como vê os músicos do ponto de vista biológico?*"

"*Tudo bem. Vejo os músicos como vertebrados no topo da escala superior, a um passo do plano divino, mas que, para o bem e para o mal, nascem e morrem viciados em música, talvez a única droga mais que perfeita!*"

"*Ok. Vê algum erotismo na música?*"

"*Bem, a voz de sopranos me provoca ereção!*"

"*Ereção? Ouvi bem?*"

"*Sim, ereção.*"

"*Hummm... Anotei isso. Tem outro exemplo particular de erotismo musical?*"

"Mulher tocando violoncelo... acho que não existe perspectiva mais sensual do que a posição inclinada do instrumento a vibrar gemidos melodiosos entre as pernas abertas, perdão, entre as pernas afastadas da artista..."

"Hummm... Compreendo, também anotei isso. Mudando de assunto, ou melhor, mudando de arte, disse que gosta da pintura renascentista, não é mesmo? Pois bem, tem algum motivo especial?"

"Não tenho estudo de pintura, mas aprecio a anatomia, digo, a nudez impregnada de religiosidade nas imagens renascentistas e do barroco..."

"Nudez religiosa! Hummm! E como vê os pintores?"

"Vejo os pintores como vertebrados superiores de histórico evolucionário conflituoso, que perderam certos elementos da realidade no emaranhado das contradições mundanas. Assaltados por visões interiores, tentam recriar com o pincel o que lhes parece a realidade perdida."

"Hummm! Tudo bem. Por hoje basta, nosso tempo acabou."

XVII.
Virando páginas

Continuo a abrir sem vacilo as páginas do meu prontuário sentimental. Com chave mestra: copo de uísque especial, um *blended* de trinta anos. De dose litúrgica em dose litúrgica, ralo a memória e ponho tudo a limpo. Zero dúvidas. Vou à lona. No final das contas, a vida é um circo de ritos cínicos. Tudo bem. Meu cérebro dado a orgias picadeiro é. Que roda, cresce e se esparrama.

Ah! O mundo é um espetáculo! E com o uísque entornado no trapézio das ideias, meus neurônios praticam saltos radicais. Vão de uma ideia a outra sem avaliação e filtro. E sem nenhuma rede de proteção cruzam sítios, províncias, quilombos, fronteiras, estados da alma. Alma! Esse diabrete que mora dentro da gente e é movido a ideias renováveis.

Abro a página da vez. Tudo claro. Débora enganou o diabrete que mora comigo. Só hoje me dou conta. Como pude ser tão ingênuo, ou melhor, imaturo? Tudo bem, o caminho para a maturidade dói. Tem arame farpado de um lado e de outro, além de dragões, serpentes e basiliscos à frente. Quando a conheci não estávamos preparados para o casamento. Alguém está? Também não sabíamos que crer cegamente no parceiro é alto risco. E muito menos que a atração afetiva é um estágio precursor da droga. Psicólogos não falam da química do amor? Acho que crer no amor do outro é droga pesada. E amar sem ser amado é vício sem sintonia fina com o viciado. Vício e viciado na mesma frequência não bastam. Há que se eliminar todo ruído. O amor deve ser sinfonia plena, porém muda, tal como a batuta do maestro que rege a orquestra.

Viro outra página. E outra. Mais uma.

Porém, não sei explicar por que retorno àquelas do casamento, a rigor um coral de ruídos e humores prostituídos. Talvez a instituição mais rumorosa criada pelo homem. Isso de união ritualizada com rótulo pomposo e reconhecida em cartório é uma fábula, historinha de faz de conta, pois gritos tribais estrilam na primeira onda de mau humor e no máximo na oitava viagem a trabalho de qualquer dos parceiros. Ou antes, se a tirania da ejaculação precoce degradar a flora vaginal.

Neste momento, fixo o olhar em cubos de gelo que boiam no copo a minha frente. Atitude de quem bebe para retardar ou apressar o AVC que virá um dia. Se acontecer ao diabrete que mora em mim, babau! Morrerei lá por dentro, de amor, desamor, angústia, decepção, abandono, tristeza, depressão, brochura, autofalência ou o que for. Pior: teria sido meu coveiro permanente e ninguém saberia. A menos que a voz de um epitáfio plúmbeo sacramentasse, *"Aqui jaz Otávio Nunes Garcia, defunto moral e imoral".*

Não é o que murmuram de uma forma ou de outra? Que sou defunto moral?

Hoje já não reajo. Costumo ficar quieto no meu canto. Não mexo com ninguém, não chuto o balde, não mijo fora do penico, não azaro criatura indisponível. Raramente perco a paciência. Sinal da maturidade doída, mas alcançada.

E para não fugir ao propósito inicial de destilar a boa-fé do meu lado confesso, criei desmedida coragem. Abro página borrada, melhor dizendo, suja, do meu prontuário sentimental. Ressuscito o defunto moral. Previno-me contra a distância e o tempo a descolorir a ocorrência. Que mal ou bem me julguem os pósteros. Mas como reanimar página de arquivo morto?

Acho que foi mais ou menos assim.

Débora, naquela prosa de jornalista, chatíssima, pentelha, fuçando tudo, me provocava acintosamente num jantar íntimo, em nossa casa, à luz de velas, vozes e vinho.

Primeiro, ela reverberou para todos os lados, planos e perspectivas:

"Você não faz ideia de quantos defuntos morais transitam impunes pelas ruas, e vão ao cinema, teatro, escritório, parque infantil, restaurante, tudo numa boa! Até mesmo em cargos públicos os defuntos morais transitam, se instalam, vendem a alma, legislam, julgam, governam, corrompem, roubam ou mandam roubar! Meu pai foi deputado e viu como a sociedade funciona de cima para baixo e de baixo para cima, coitado, ficou horrorizado, largou aquilo e nos mostrou a imoralidade à solta e legitimada..."

Depois, à queima-roupa:

"... E ninguém faz ideia dos defuntos morais que passam por cientistas, e fingem pesquisar em laboratórios caseiros, mas que fornicam com a vizinha, comadre, sobrinha, colega de trabalho, enfermeira do avô inválido, com a arrumadeira, com a melhor amiga

da mulher, com a mulher do amigo, com a prima da cunhada e até mesmo com a cunhada!"

"... Cunhada! Pois é, eu sempre achei que você e a fingida da Larissa transam na minha cama quando eu viajo! Aquela doutorazinha metida a cuidar de cabeça, só se for de cabeça do pau!"

Sendo a enésima ocasião em que, sem revidar, ouvia tal absurdo, ainda assim não respondi, não falei alto, não me alterei. Enfim, uma espécie de cogitação interior se impôs de tal modo que segundos depois o Otávio hóspede, diabrete incontrolável, instalou-se no meu lugar e assumiu o comando da situação.

Então, meu duplo, cínico, pediu licença, todo polido, como fazem as pessoas de bem, ficou de pé e arriou as calças à frente de uma Débora linda e estupefata.

Em seguida, despertou o legítimo acusado, envolveu-lhe a glande com o guardanapo de linho bordado com as iniciais "D & O" e fez movimentos adequados para atingir o êxtase com mínima obscenidade. Após silenciosa erupção, reconduziu o apalermado aos costumes, dobrou o guardanapo e colocou-o ainda tépido sobre a louça de porcelana (Sèvres) guarnecida por talheres de prata (Oneida). Sopro indignado apagou a chama das velas. Mas em vez de o breu invadir o ambiente tudo ficou claro.

XVIII.
Meio ano depois

"*Boa tarde, como vai? Tudo bem, legal, vida de recém-casado tem lá as suas novidades, não é mesmo? Ok. Hoje, faremos um retrospecto semestral do seu caso. Mas, antes de tudo, me fale um pouco mais da sua problemática inserção social. Comece pela sua inserção nas coisas do dia a dia. Por exemplo, na primeira consulta, disse que não usava celular. Ainda é assim? Já pensou em tatuagens, piercing no nariz, na língua? Que mais, vai a shopping? Supermercados? Conversa com taxistas? Compra os mantimentos da casa? Sabe cozinhar?*"

"*Ahnnn! Bem, acho que o celular é um recurso superinvasivo e faz coisas excessivas pro meu gosto. Por outro lado, considero tatuagens e piercings uma volta à selvageria. Também não vou a shoppings, detesto o ir e vir consumista. Com taxistas, fico só no bom-dia, digo o destino, pago a corrida e até logo. Bem, tenho boa inserção na internet, faço compras virtuais, agendo meus compromissos com laboratórios e tenho alguma correspondência virtual. Confesso que não sei cozinhar.*"

"*Cozinhar é uma boa terapia...*"

"*Cozinhar? Bem, do jeito que tratamos o planeta, e do jeito que as coisas vão, acho que tatuagens e piercings são sinais, talvez alarmes, apontando os degraus de retorno ao caldeirão da antropofagia...*"

"*Hummm! Cozinhar é uma arte, sabia que na China a divindade do fogão é homem? Aliás, eu participo de uma confraria de gastrônomos e sommeliers. A propósito, vai a restaurantes?*"

"*Não vou a restaurantes.*"

"*Algum motivo especial?*"

"*Sei de fatos verídicos sobre venenos supersutis colocados em pratos de comida refinada, em taças de vinhos raros...*"

"*Hummm! Mas sabe que cozinhar desenvolve a sensibilidade do paladar? Isso ajuda a entender muita coisa na vida. Por falar em ajuda, até hoje não falamos de livros de autoajuda. Qual ou quais já leu?*"

"*Li vários, mas parei, nenhum me ajudou, exceto um livro que aborda as várias faces do....*"

"*Amor em família!*"

"*Ahnn! Como adivinhou?*"

"*Deduzi! Viu quantos casos amorosos surgem entre familiares? E quantos foram objetos da literatura?*"

"*É verdade, o livro descreve casos na literatura burguesa, na clássica, na mitologia grega — a lenda de Édipo e Jocasta, que é muito forte, bem, e diversas passagens da Bíblia.*"

"*No livro, destaca alguma passagem bíblica?*"

"*Claro, dentre outras, a história de Labão: que enganou Jacó dando-lhe a filha primogênita Lia, no lugar de Raquel, a filha mais nova que era a paixão de Jacó. Bem, então Jacó teve de comer, perdão, conhecer primeiro a cunhada mais velha e, somente sete anos depois, se casou com Raquel.*"

"*Ah, cunhadas, cunhadas! Tudo bem, e o que me diz de Herodes?*"

"*Ahnn! Bem, Herodes..., bem... ele frequentava Herodíades, mulher de seu irmão Filipe. Mas João Batista o advertira: 'Não é* lícito possuí-la!'. E o profeta foi preso. Aconteceu que Salomé, filha de Herodíades, instruída pela mãe, depois de dançar publicamente para Herodes, pediu como prêmio a cabeça de João Batista num prato... Então, Herodes realizou o desejo da jovem."

"Cunhadas! Voltando aos gregos, além do incesto entre Édipo e Jocasta, apontado no Amor em família, outro caso da mitologia grega chamou sua atenção?"

"Sim, achei interessante a história das irmãs Filomena e Procne, filhas de Pandeão, rei de Atenas."

"Que achou de especial no caso das irmãs?"

"A relação incestuosa, claro. Acho que foi assim: Pandeão entregou sua filha Procne a Tereu, rei da Trácia, em agradecimento pelo seu apoio a Atenas na guerra contra Tebas. Mas Tereu, ao conhecer sua cunhada, Filomena, apaixonou-se, seduziu-a e a violou. Para evitar que ela o denunciasse, cortou-lhe a língua. Um dia, Filomena conseguiu contar tudo a sua irmã através de um bordado numa tela."

"Ok. Além do incesto, o que mais o impressionou nessa história? Paixão, sedução, violação, mutilação ou a comunicação usada por Filomena?"

"A comunicação."

"Alguma explicação para a preferência?"

"É que também escrevo. Pra revistas científicas."

"Muito bom. Agora, pegando carona no tema do incesto, vou entrar noutro assunto melindroso: já engravidou alguém?"

"Ahnnn?!"

"Fique à vontade, hoje em dia os namoros, mesmo entre menores, são bem mais liberais do que há alguns anos."

"*Ahnnn! Não sei... acho que não, bem, não que eu saiba...*"

"*Do ponto de vista da perpetuação, engravidar uma mulher é um dom... Infelizmente, nem todos os homens conseguem... Mas vamos em frente!*"

"*Tudo bem.*"

"*Apesar de arredio, verdade que já menos do que há seis meses, o senhor confirma sua desenvoltura intelectual bem acima da média para os dias de hoje e, lógico, sua ótima memória!*"

"*Sei.*"

"*Como vai de convicções políticas, está antenado com o que se passa politicamente no país? Bem, do ponto de vista de biólogo como vê os políticos que nos representam?*"

"*Prefiro acreditar em fábulas! Cientificamente, vejo os nossos políticos como vertebrados no topo da escala superior, bípedes, pecilotérmicos, mímicos que cometem parasitismo zoótico, e com grande capacidade de adaptação.*"

"*Tudo bem. Eu não penso muito diferente. Outra coisa, além do vício de pensar, tem outras manias?*"

"*Quando bebo não fumo.*"

"*Ok. E o que me diz de um baseado?*"

"*Ahnn! Baseado? Bem, às vezes preciso dar uns tapas científicos...*"

"*Hummm... disse tapas científicos?*"

"*Claro, tenho algumas mudas da* Cannabis sativa *no jardim de casa para minhas pesquisas de laboratório!*"

"*Tudo bem. Sabia que os chineses já a utilizavam para fins medicinais dois ou três milênios antes de Cristo?*"

"*Sabia. A plantinha tem lá suas virtudes.*"

"*Hummm... Por falar em virtude, o senhor acha que tem alguma?*"

"Sou perfeccionista... 'Eu sei tudo que faço, sei por onde passo'..."

"Hummm! De quem é essa frase?"

"Ahnnn! É do Noel Rosa."

"Ok. E acha que tem algum defeito?"

"Sou perfeccionista."

"Ultimamente tentou fazer amigos? A experiência diz que podem ajudar a vencer problemas de timidez!"

"Amigos? Não, continuo sem interesse..."

"Hummm! Nunca se interessou em fazer parte de grupos que lutem por alguma causa humanitária, ou filantrópica, alguma coisa relacionada à recuperação de pessoas necessitadas, carentes? Alguma ONG? Isso poderia facilitar sua inserção social!"

"As iniciais de Otávio Nunes Garcia já formam uma ONG! Bom, falando sério, acho que esses grupos só lidam com a decadência social explícita, como se isso fosse resultante de desvios de comportamento, quando, penso, toda decadência é biológica, estrutural e funcional, é celular, é intrínseca aos seres vivos..."

"Essas impressões sombrias são científicas?"

"Bem, pesquiso no microscópio. Quando saio dali e observo o entorno, constato a degradação..."

"Fora das pesquisas, consegue relacionar esse ceticismo com alguma coisa que leu nos clássicos?"

"Acho que sim. Dentre outras genialidades, Lope de Vega disse uma frase que resume muita coisa do que penso, acho que foi isso, 'Defiéndame Dios de mí'."

"Hummm! A propósito, já reagiu a alguma provocação e xingou alguém?"

"Mais de uma vez tentei reagir, mas alguma coisa lá por dentro me agarrou! Apesar de tudo, a doutora Larissa disse que melhorei. Cheguei a dizer um palavrão!"

"É mesmo! Qual foi?"

"Qualquer dia eu digo."

"Fique à vontade. Vou entrar num tema dos nossos tempos pós-modernos: a solidão. Levando em conta que está casado com uma parceira que viaja muito, e já que a atual indústria tecnológica preenche boa parte de nossas necessidades imediatas, será que, apesar disso, em algum momento se vê atacado pelo vazio tedioso, pelo fantasma da solidão?"

"Solidão não é o meu caso. Estou sempre fazendo alguma coisa, lendo, pesquisando, pensando, escrevendo, às vezes até acho bom que Débora viaje muito... Por outro lado, tenho meus eus malcontentes que me provocam..."

"Hummm! Esses seus eus malcontentes funcionam como a chamada 'voz da consciência' ou são mais explícitos, manifestam-se de modo sensorial, falam, exalam odores, aparecem feito visões...?"

"Ahnn! Bem, na verdade, às vezes, tenho a sensação de que outro Otávio se apodera de mim, um Otávio mais... descontraído, nem um pouco tímido..."

"E como é essa sensação de 'outro Otávio'?"

"Ahnn! Bem, começa como uma espécie de voz interior, depois passa a impulsos, e, bem, é como se outro Otávio acabasse se impondo..."

"Hummm! E isso ocorre quanto está sozinho, quieto, ou diante da presença física de alguém?"

"Em geral acontece diante da beleza estética, pode ser uma pintura, um poema, uma voz de soprano, uma presença feminina..."

"Hummm! Essa presença feminina costuma ser familiar?"

"Ahnn! Sim, estritamente familiar."

"E sendo familiar, digamos assim, dá a impressão de que o persegue?"

"Bem, mais de uma voz familiar me persegue."

"Hummm! Anotei isso. Bem, hoje vamos ficar por aqui. Nosso tempo acabou."

QUINTO PEDAÇO

XIX.
Um ano depois

Quando completei um ano de consultas no consultório do doutor Guilherme Pessoa, quase caí das nuvens. Detesto clichês, acho que já disse isso, mas às vezes chavões tornam-se tão urgentes quanto impropério, controle remoto, porta aberta, guarda-chuva comprado em camelô, cusparada, papel higiênico ou palma da mão.

"*Como vai, tudo bem? Ok. Nosso tema de hoje será o medo somatizado. Já passou alguma situação de medo inexplicável, sentindo suores, tremedeira, ou taquicardia, paralisia das pernas, das mãos, sensação de que vai morrer, enfim, o que chamam de síndrome de pânico?*"
"*Não, nunca, acho que minha timidez não deixa espaço para somatizações... Simplesmente não contrario minha natureza tímida, deixo as coisas se resolverem por elas mesmas... e pronto!*"
"*Mas deixa espaço para outro tipo de medo.*"
"*Medo de quê?*"
"*Medo de revelar certas coisas. Por exemplo, o tal do palavrão que chegou a soltar com a doutora Larissa. Aguardo por ele faz tempo...*"

"Foi uma coisinha à toa, mas não consigo dizer, falta o clima."
"Está entre quatro paredes, pode dizer."
"Não consigo pensar no que não me interessa."
"Meu caro, o seu caso de timidez é raro, mas, veja bem, o fato de procurar por vontade própria um psicanalista significa ato confiante. A maioria das pessoas que precisa de terapia de apoio não toma essa atitude e, em geral, demora, protela e resiste tremendamente a soltar o verbo. Estou me convencendo de que a doutora Larissa tinha razão, sua timidez é falsa..."
"Ahnn!"
"Vamos recapitular. Afinal em que acredita, crê, tem fé: Deus? Santos? Anjos? Espíritos? I Ching? Videntes? Tarô? Políticos? Chargistas? Vampiros? Super-heróis? Dinheiro vivo? Reality show? GPS? Cartão de crédito...?"
"Sou biólogo, acredito na ciência."
"Se crê realmente na ciência, como agiria em seu laboratório ao dissecar, por exemplo, o aparelho intestinal da mosca do vinagre? Depois eu explico o motivo da pergunta!"
"Bom... Em pesquisas genéticas, utilizo espécimes da mosca de frutas simultaneamente como instrumento e material científicos."
"Pois bem, olhe só, vou explicar mais uma vez. Neste consultório, o principal instrumento e material de trabalho é a palavra — talvez o mais antigo e não reconhecido ancestral da roda..."
"Sei, já me disse isso mais de uma vez, e disse também que palavra puxa palavra até puxar o aparentemente incaptável na cabeça das pessoas..."
"Exatamente! Hoje quero ver até onde vai a sua imaginação ao tratar uma palavra forte assim como, por exemplo, 'estupro'."
"'Estupro', isolado, é só um verbete de dicionário."

"Mas o verbete 'estupro' desperta alguma coisa na sua memória, quem sabe, talvez num contexto de notícia de jornal, tudo bem, sei que não lê jornais, mas num contexto de ficção, de cinema, de teatro?"

"Bem, 'estupro' me traz à memória a peça Um bonde chamado desejo, do Tennessee Williams. Também vi o filme!"

"No filme, lembra de alguma cena em particular?"

"Ahnn! Sim, quando Stanley, marido de Stella, estupra Blanche..."

"Blanche era parente de Stella?"

"Era irmã de Stella."

"Então Stanley estuprou a cunhada!"

"Ahnn! É, bem, foi isso."

"Fico pensando, em termos de hoje, qual seria o sentido da vida para um sujeito capaz de trepar, desculpe, de fornicar com a cunhada!"

"Está me perguntando isso?"

"Na realidade era só uma conjetura. Mas já que a exteriorizei, quer dizer ou acrescentar alguma coisa?"

"Bem, quero sim. Sinto que estou perdendo aquela timidez mórbida, bem, a tal da falsa timidez... Quero dizer o seguinte, que fornicar com a cunhada não tem nada a ver com o sentido da vida, pois a vida não precisa de sentido, desse sentido racional."

"Terreno perigoso, meu caro! A vida sem sentido deriva, afunda, apodrece e se decompõe antes do tempo, do ciclo natural!"

"Falo como biólogo. A vida já é o sentido. Se surge uma cunhada no caminho, ela passa a fazer parte do sentido!"

"Argumentação bramânica, meu caro! Será que essa filosofia resistiria ao amor de ou por uma cunhada?"

"Bem, doutor, o senhor sabe muito bem que não sou filósofo, sou biólogo."

"Mas o senhor disse aqui mesmo, faz um ano, que o amor é um sentimento difícil de medir, de definir! Tente outra vez definir o amor."

"Assino embaixo: o amor é uma necessidade biológica, assim como beber, comer, respirar. O cérebro humano, sem rodeios, sinaliza a necessidade de amar..."

"E acha que essa necessidade pode se voltar para uma cunhada?"

"Bem, exigências biológicas são inevitáveis. Quando o cérebro deflagra a necessidade de amar alguém não vem ao caso se é pessoa próxima, distante, homem, mulher, vizinha, babá, professora, amiga, governanta, empregada doméstica, freira, acompanhante, prima, sobrinha, irmã ou cunhada..."

"Hummm! Entendi. Voltando ao medo, nosso tema de hoje. Observei que nunca mencionou suas viagens. Tem medo de viajar? De avião? Do oceano? De estrada?"

"Depois que me tornei adulto, assumi a voz de Álvaro de Campos, um dos heterônimos de Fernando Pessoa: 'Afinal, a melhor maneira de viajar é sentir. Sentir tudo de todas as maneiras.'."

"Hummm! A propósito de sentir, ainda sente, ou melhor, ainda ouve aquelas vozes familiares que..."

"Sim, ainda me perseguem por toda parte..."

"Ok. Hoje andamos bastante. Bem, nosso tempo acabou. Até quinta-feira, no mesmo horário."

XX.
Dois anos depois

Após dois anos de terapia com o doutor Guilherme Pessoa nosso relacionamento mudou, ainda que em consultório de psicanalistas chão e teto se situem sempre no mesmo plano, enquanto alienista e paciente viajam em órbitas distintas à volta do mesmo astro, mesmo objetivo. As coisas foram ficando insuportáveis. Um dia, lá pelas tantas, nossa conversa descambou.

"*Além da doutora Larissa, alguém sabe que o senhor passou a fazer terapia de apoio? Algum conhecido, vizinho, sua mulher, Débora...*"
"*Nem em sonho, nem Débora.*"
"*Ok. Vamos voltar a falar de sonhos. Ainda tem sonhos eróticos?*"
"*Raramente.*"
"*Sonha com alguma pessoa específica?*"
"*Já aconteceu.*"
"*Homem ou mulher? Fique à vontade.*"
"*Já falei disso antes.*"
"*Mas fale de novo.*"
"*Tudo bem, era uma antiga professora.*"
"*Essa professora era lésbica?*"

"Nunca a imaginei lésbica. Bem, sou vidrado na estética feminina!"

"Que parte da mulher o atrai?"

"Cabeça, tronco e membros..."

"Fala sério!"

"Bem, a topografia da mulher me deixa louco!"

"Palavra puxa palavra, fale claro, nada de timidez."

"Os montes, as grutas, os bosques, as curvas, as depressões, as nuvens."

"Seja explícito!"

"O torso da mulher, do pescoço à bacia."

"Nesse objeto de desejo vê outra coisa especial?"

"Boca, língua, orelhas, olhos, enfim, a multimídia da mulher."

"Entendi! E os nomes próprios femininos têm algum efeito sobre a sua libido? Gosta de algum nome especial, histórico, político, ecológico, bíblico, carismático, religioso?..."

"Ainda não tinha pensado nisso, mas gosto muito de nomes religiosos, bíblicos, por exemplo, Raquel, Dalila, Isabel, Samanta, Rebeca..."

"Samanta é nome religioso?"

"É um nome aramaico, que era a língua falada por Jesus Cristo. Samanta significa 'aquela que ouve'."

"Ok. Vamos voltar a falar de odores. Acha que algum tipo de aroma influencia o seu comportamento ao se aproximar de uma mulher?"

"Bem, raciocino como biólogo. A memória química é o nosso sensor mais primitivo. A mulher tem odores inconfundíveis, e meus feromônios — como se diz vulgarmente — sabem disso. Claro que me influenciam!"

"Mas um perfume feminino, industrial, usado de modo constante pela sua mulher, também o influencia?"

"Claro! Ela só usa Chanel N° 5."

"Ok. Agora vamos falar outra vez de suas masturbações."

"Ahnn! Não me masturbo faz tempo, ao menos conscientemente..."

"Todo mundo se masturba a vida inteira, de vários modos, claro. Não se melindre, e como eu já disse antes a masturbação pode ser saudável."

"Masturbei-me precocemente, acho que com seis, sete anos, depois tive um choque lá pelos 13, uma empregada da casa me..."

"Continue."

"Não dá!"

"Isso foi há muitos anos, o choque passou, não existe mais, continue, fale do assédio da empregada."

"A empregada me... não consigo..."

"Tente! A empregada, com certeza, cheia de vigor sexual, aproveitou estar em casa com um rapazinho..."

"Não consigo... só sei que, bem, acho que nunca mais me masturbei, a não ser mentalmente, mas isso é outra coisa, não é?"

"Talvez. Contou isso à doutora Larissa?"

"Não falo com ninguém do que tratei com a doutora Larissa."

"Calma! Até já falou sobre um palavrão!"

"Um lapso! É que essas perguntas parecem experimentos em laboratório e, em vez de biólogo, me sinto feito cobaia, estou ficando incomodado..."

"Escute só, depois de dois anos conversando, acho melhor retirarmos o tratamento de 'senhor'. Se nos tratarmos de 'você' ficaremos mais à vontade."

"Até prefiro."

"Ótimo. Vamos falar numa boa! Se você não confiar em mim, não contar e recontar suas dificuldades, seus conflitos, não tirar os esqueletos do armário, como se diz por aí, de que adiantou vir aqui todo esse tempo?"
"Sei."
"Fique sabendo que a doutora Larissa e eu fizemos um acordo sobre você para ajudá-lo da melhor maneira possível."
"Sei."
"Tenho com a doutora Larissa perfeito entendimento profissional. Você não é o meu primeiro cliente indicado por ela. Eu também indico à doutora clientes que poderiam estar mais apoiados sob outra linha de terapia, outro tipo de condução."
"Sei."
"Quando o doente é caso de psicoterapia profunda, eu o recomendo à doutora Larissa, ela é ótima na especialidade, obviamente tudo dentro da ética."
"Sei."
"Do ponto de vista pessoal, para você ficar de uma vez mais à vontade, devo dizer que eu e a doutora nos conhecemos há muito tempo, aliás, desde os tempos de faculdade, ela foi minha aluna, bem, depois estreitamos isso..."
"Sei."

Guardo vaga impressão de que naquela altura da cena, digo, da sessão, o doutor Guilherme me pediu para sair do divã e instalou-se nele. Aí ele me ofereceu sua cadeira e, com a maior cara de pau, omitiu o que devia ser falado e falou o que não devia.
"Na verdade, eu e Larissa fomos..."
Aquilo contrariava os padrões da ética profissional. Não resisti. Meu palavrão perdido na memória remexeu-se, ganhou

fôlego, emergiu, ajeitou a espinhela, trepou no gogó, veio à boca, soltou bafo, saliva, descolou obturações, pivôs, pontes, siso malnascido e voou feito míssil terrorista. Foi explodir no jaleco azul do doutor Guilherme, bem no peito!

Ao espatifar-se puxou outros palavrões, na linha conceitual de que se palavra puxa palavra, palavrão puxa palavrão. E salpicaram todo o consultório: teto rebaixado sem complexo de inferioridade, lustre checo, paredes cor de limão, estantes em cerejeira, livros decorativos sem miolo, computador pirata, poltronas afundadas, divã sem molas, mesa de centro no canto, cadeiras com braços e sem braços... E tapete persa fiado no Paquistão, óleos e aquarelas arrematados em leilão, telefone sem fio, fax com ruído, celular carregando a bateria, porcelana chinesa da dinastia Ming, e o carpete quase virgem.

Curiosamente, o único objeto que ficou ileso no ambiente foi o aviso entre os diplomas, "Entrada proibida a pessoas com os pés no chão".

Afinal, descontrolados, os palavrões vazaram a porta e invadiram a sala de espera. Acho que assustaram o próximo cliente, pois quando eu saí não vi ninguém ali.

Não sei o que aconteceu depois. Nunca mais voltei ao consultório. Hoje estou curado, não tenho nenhum constrangimento de relembrar minha explosão, "*Cabrón, terapeuta de mierda, te parto el orto, hijo de puta, de ramera, estoy hasta los cojones!*".

E assim o doutor Guilherme Pessoa ficou sabendo na prática o que lhe dissera tempos atrás, ou seja, que só o idioma espanhol consegue extravasar ao máximo a minha indignação.

SEXTO PEDAÇO

XXI.
Outros tempos

Mesmo esquadrinhado tim-tim por tim-tim, meu prontuário sentimental não seria linear, ordenado e sequencial feito agenda ou calendário. Todo mundo sabe que, às vezes, precisamos virar bem rápido certa página da vida. Daí que, nesse vira pra cá, vira pra lá da memória surge de repente uma página que julgávamos perdida, talvez até por falta de compreensão dos fatos na época. Talvez por não aceitarmos que a vida é vivida na voz ativa e passiva simultaneamente. Qualquer um de nós quando quer ou precisa pode se tornar aramista da palavra. Quem me ensinou isso, claro, foi a doutora Larissa.

"Otávio, nosso tempo psicológico esmaga qualquer calendário sem arranhar ou triscar o tempo biológico."

Foi assim que a doutora encerrou uma de nossas sessões. Depois, fechou o semblante e mais não disse em termos profissionais.

Tempo psicológico? Tempo biológico? Só fui entender o conteúdo da frase um dia desses, mês passado, ou retrasado, não sei bem, nesse processo de reabrir meu prontuário. Difícil dizer se ela falou por falar, mas sei que Freud carimbou esses deslizes, se é que ela deslizou, de "psicopatologias do cotidiano".

Empunhando a lupa do discernimento sobre a memória evanescente, desconfio que a doutora Larissa, exímia aramista da palavra, estava me induzindo a testar seus conceitos de amor em família. Naquela mesma noite, terminada a sessão, e já nos arremates de despedidas, ela foi sutil.

"Otávio, você precisa arranjar uma namorada do seu nível intelectual! Sabia que tenho duas irmãs solteiras?"

Ruborizado, sim, bem, acho que fiquei, afrouxei ao máximo a timidez, e saí com essa.

"São bonitas e exuberantes como a doutora?"

Com elegância protocolar, a doutora Larissa descolou perfil, currículo e personalidade das suas irmãs, apontando os porta-retratos que estiveram sempre ao meu alcance e dos quais, por qualquer disfunção óptica ou, talvez, ação hipnótica, eu nunca me dera conta.

Débora pareceu-me: morena clara, cabelos curtos, olhos brilhantes, nariz inquiridor, ar inteligente, lábios retocados, pescoço marmóreo, sorriso prudente. Giovanna, ainda ninfeta, embora pra lá de insinuante, aparentava ar profano, sorriso imaturo, talvez impudente.

Débora parecia corresponder aos meus desejos sensoriais imediatos. E não é que a ideia de namorar a irmã da doutora me agarrou pelo braço? Até aquele momento, escorado em princípios ingênuos, eu apostara ser fidedigna a mulher com quem me abria três vezes por semana sempre no último horário de consultas.

E ainda examinava os porta-retratos, num tempo psicológico *pari passu* com o biológico, entre curioso e excitado — reação típica de falso tímido ralando a inibição —, quando o mais-que-perfeito imprevisível aconteceu.

De repente, a doutora Larissa arquivou a palavra, saiu da cadeira, deu alguns passos descontraídos em direção ao *Tabriz* e ficou bem no meio do consultório. Olhou-me, fez um gesto com os dedos, despejou um ar que inundou o ambiente e, sem me dar tempo para entender o mínimo do que acontecia, despiu a burca doutoral e ficou seminua, trajando somente um fiapo de sorriso entre as faixas assimétricas do batom.

XXII.
Impressões e impressionismo

Meu casamento impressionista foi romance pintado a óleo. Pensei quadro, disse romance. Não estou bêbado como pode parecer. Talvez nem fique. Defendo-me. Criei substâncias não convencionais, e escondo-as em cubos de gelo que vão ao copo e ao corpo. Fisiologicamente na ordem. Rego minhas tripas com uísque e pensamentos, questão de gosto, desgosto, sabe-se lá o que pinta ou não pinta na cabeça de pessoas impressionáveis como Otávio Nunes Garcia e seus eus malcontentes.

Volto ao quadro e romance do meu casamento. Pois é. Sei que a pintura induz à mobilidade do olho, enquanto a escritura ao voo cego. Ambas, quanto mais realísticas, tanto mais inverossímeis, conforme imagino seja o contraponto das artes. Casamento é arte caseira, multiplicada pela rotina, dividida por conversa fiada toda vida, noves fora nada, que é igual ao contraponto do bom senso. A ideia do contraponto abraçou-me porque, hoje, sei perfeitamente as razões que forçaram Larissa a cornear o marido papo-cabeça, bem como os motivos que levaram Débora a minar o meu terreno:

"Otávio, não doura a pílula, seu cara de pau! Tenho cancha de jornalista. Nosso primeiro encontro foi virtual, mas não casual! Foi induzido. Tenho quase certeza de que alguém disse a você onde eu costumava bater papo... Tudo bem. Curti o namoro virtual, e no princípio acreditei nos acasos da internet... mas quando começamos a namorar de verdade, e desde que você passou a frequentar a casa de meus pais..."

"Cara de pau! Estava na cara que você em nosso convívio familiar nunca ficou à vontade. Escondia alguma coisa além da timidez. Vou usar bichinhos de laboratório para você entender melhor o que quero dizer..."

"Perto de meus pais, você saía alguns centímetros dessa carapaça de quelônio e mexia a cabeça para ouvir o canto da sereia, a voz da Larissa — aquela doutorazinha fingida até os dentes!"

Exumar vivências não ofende nem desvirtua o meu prontuário sentimental. Admito e até registrei algumas passagens sujas. Quem não as tem?

De fato, o Otávio cínico que hospedo às vezes perturba, às vezes ajuda. Porém, reconheço que foi decisivo quando conheci a família de Débora.

Finalmente cheguei aonde devia.

Neste ponto do meu prontuário sentimental já não fluem murmurações à revelia. Câmera memorial bobina e reflui as impressões que desejo. Só preciso descongelar o sangue dos intérpretes. E, lógico, o tempo dos verbos.

"Pai, mãe, aqui o Otávio em carne e osso!"
"Olá Otávio! Muito prazer, Gilberto."
"O prazer é meu, doutor Gilberto!"

"*Muito prazer, Mariana, rainha-mãe, como as filhas brincam. Débora já fez várias reportagens sobre você!*"

"*Encantado, senhora, pois acabo de descobrir de onde vem a beleza da filha!*"

"*Está vendo só, Gilberto, ele é galante, nada de tímido! Otávio, foi muita gentileza enviar as rosas, adorei, e, meu filho, não precisa me chamar de senhora!*"

"*Tudo bem, Mariana, eu também adoro rosas, sim, e violetas, margaridas, dálias, hortênsias, jasmim!*"

"*Jasmim? Mas é tão agreste!*"

"*Na minha janela, quando o vento traz o perfume do jasmim, eu me incorporo nele e viajamos juntos!*"

"*Que sensibilidade! Débora, minha filha, você tinha razão, Otávio parece especial!*"

"*Bem que eu falei, não foi, mãe?*"

"*Já estou com ciúmes! Otávio, venha, vamos sentar aqui no living. Mariana, chame o garçom! Estou no uísque com gelo, você me acompanha? Débora disse que você gosta de uísque... Ah! Parece que fuma, fique à vontade!*"

Seu olhar maiúsculo refletia o ambiente milionário da mansão. Ele mesmo cheirava a livre-mercado, produção, riqueza real. Aquele homem jamais poderia ser político profissional. Talvez Débora exagerasse ao dizer que o pai fora deputado.

"*Aceito sim, claro, mas fico no uísque, pois quando bebo não fumo. Que bom, é o meu uísque preferido, Ballantine's trinta anos! E eu disse a Débora que não queria dar trabalho.*"

"*Trabalho nada, é um prazer!*"

"*Dá licença! Oi, gente! Oi, Otávio! Sou a Giovanna, tudo bem? Já nos conhecemos muito de telefone. Caraca! Você é foférrimo! Débora sempre teve bom gosto, pena que ela é tipo assim... ciúme, tronco e membros!*"

"*Ahnn! Oi! Muito bom ver você de perto, Giovanna! É a caçula, não é?*"

"*Sou, e duplamente temporã – odeio essa palavra! Nasci sete anos depois da Débora, e meio século depois da Larissa. Olha aí, o gênio 'psi' da família está chegando!*"

"*Olá, pessoal, boa noite! Pai, mãe, meninas. Ah! Sim, sei, então temos aqui o Otávio em carne e osso, tudo bem?*"

XXIII.
Sonho e realidade em família

Entre o "tudo" e o "bem", repassei a imagem de Larissa durante dois anos no consultório, três vezes por semana, sempre no último horário de consultas, reajustando suas afinidades secretas aos meus sentimentos inéditos. Porém, mais que depressa, a realidade se impôs.

"*Ahnn! Oi, prazer, tudo bem! Ótima a ideia da reunião em família, às vezes sinto falta...*"
"*Otávio, sabe que Larissa é psicanalista com Ph.D. em Chicago? Se conversar cinco minutos com ela corre o risco de um lero-lero sem fim. Ela é envolvente! E tem uma voz maravilhosa, aliás, ela não foi meio-soprano profissional porque não quis... E também seria melhor jornalista do que eu, mas é uma pentelha, chatíssima, tem explicação pra tudo. Bem, acho que todo gênio é chato.*"
"*Otávio, não leve a sério! Débora morre de ciúmes, sabe, ela é a filha do meio. Eu sou a primeira, fui paparicada, tenho desculpa. Bem, aqui em casa todas são ciumentas, parece que é mesmo genético. Você tem ciúmes?*"
"*Ahnn? Acho que não, até gostaria de ter um pouco. Li que o ciúme é uma daquelas inutilidades essenciais nas relações. Não tenho experiência consciente. Débora sim, vocês sabem, ela é ciumenta...*"

"Não venham com esse papo! Já sabe, Otávio? Minhas irmãs vão ser madrinhas!"

"E atendendo pedido seu! Mas, galera, se um dia eu entrar nessa roubada de casamento vou rifar cerimônia, recepção, baile... Acho cafonérrimo desfile de padrinhos na passarela da igreja..."

Giovanna, bela e perfumada, fisicamente espelho das irmãs. Conforme imaginara, vertia olhar impudente. E que língua! Nada obstante, tenho certeza de que a imaginei seminua, depois nua inteirinha, desfilando em passarelas sacras, nazarenas, no meu mosteiro interior.

"Giovanna é assim da boca pra fora, meu amor, com meio drinque ela se perde! Seu modernismo é só de fachada, na carroçaria, na pele, nos selinhos. Na alma, não tem tatuagem nem piercing, e até já andou vendo uns figurinos com a mãe..."

"Na psicanálise dizemos: se o muito exibido é feio, o bem escondido pode ser belo."

"Isso aí, galera, além de supermodelo e estilista, também sou beleza pura por dentro!"

"Isso mesmo, minha filha, se valorize!"

Mariana poderia ser minha mãe. Se eu levasse em conta parâmetros e idade do ponto de vista biológico, claro. Mas o diabo é que tempos e parâmetros (aprendi) também são psicológicos. Naquele tempo eu não entendia totalmente isso. Bem, Mariana era um espécime de beleza invulgar. Fiz contas e deduzi que teria menos idade que simulação. Casara aos 18, 19, acho. Porém, mulher bonita não tem idade nem inocência. Senti ímpetos de imaginá-la despida, visto que o Otávio hóspede interveio sem aviso como sempre. Foram segundos de pura distração, mas o meu eu cínico imaginou que a despiu. Felizmente a conversa fluiu rápido, e Mariana vestiu-se, ou melhor, a realidade novamente se impôs.

"Mãe, para de defender a Giovanna! Modelo profissional é recomendação de alguma coisa? Sabe, Otávio, em matéria de comportamento, eu e Débora dizemos que Giovanna é a Lolita da família!"

"Valeu, Mamy, essas duas aí morrem de inveja porque arraso nas passarelas! E essa de Lolita, Otávio, você não acha que é muita falta de imaginação? Quem é que hoje, em tempos digitais, vai perder tempo lendo Nabukov, ou é Nabokov?"

"É Nabokov, irmãzinha, o cara era gênio, escreveu, falou e disse que só acreditava em romance que lhe despertasse 'volúpia estética'... você entendeu isso? Mas, Giovanna, para de se exibir pro meu namorado!"

"Exibição gratuita de quem é linda, básica e natural! Pra mim, tanto faz tafetá ou organza, e isso de 'volúpia estética' eu desperto sem escrever uma linha, só com o meu andar! Enquanto isso, vocês duas aí já se viram esteticamente posando de mala sem alça na festa do casamento?"

"Sou meio conservadora! Vou casar com pompa e circunstância, igreja, coral com melodia e letras sacras, depois recepção, baile e orquestra. O Otávio topa!"

"Viu só, Otávio? Giovanna aqui de madrinha! E vou entrar na igreja com o namorado da vez, depois fico... fico com quem pintar. E você, Larissa, não se anima?"

"Bem, a mãe acha que eu podia entrar com o Guilherme, meu ex. Continuamos amigos."

Sem a burca doutoral, Larissa me provocava: saia diáfana, joelhos cinzelados, coxas de alabastro sustentando o monumento. Arremessou com o olhar sua libido aos pedaços. Tentei me defender. Disfarcei daqui, temperei dali, mas nosso passado ainda suspirava.

Somente agora, rememorando tudo, compreendo a totalidade do que ela quis dizer com *"nosso tempo psicológico esmaga qualquer calendário sem arranhar o tempo biológico"*. Lembro que meu sistema endócrino identificou seu cheiro íntimo, as impurezas da Larissa a descoberto. Alheio à conversa, e sem censura metabólica, o falo arremeteu.

"Opinião de noiva: acho que você, Larissa, devia entrar na igreja com novo namorado, ex-marido já era!"

"Débora, se segura!... E você, vai se acostumando, Otávio! Aqui em casa falamos de tudo. Bem, de quase tudo, só não falamos de política. Aliás, nos tornamos literalmente aqueles analfabetos políticos de Brecht."

"Ahnn! Mas o doutor Gilberto já não foi deputado?"

"Na verdade foi suplente... num esquema montado para financiar a campanha de amigos para o Congresso."

"Não deu certo?"

"O engodo foi que, depois de eleitos, os amigos lhe fizeram propostas de arrepiar! Encurtando, o pai foi parar na emergência do hospital. Ficou bom, caiu fora da política e passou a cuidar só de suas empresas, não é, pai?"

"Larissa, minha filha, muda de assunto."

"Otávio, temos em casa um pacto de família: quando alguém escorrega e fala de política, os demais fazem um minuto de silêncio."

Olhar potável quebrou o gelo:

"Larissa, minha filha, muda de assunto senão vou pedir a Giovanna para contar uma das suas anedotas..."

"Mas, pai, o Otávio tem que ir sabendo das regras e manias da família! Melhor que seja ao vivo e sem cochichos! Além disso, não estou falando nada demais, e procuro ser coerente com o alerta que dou aos meus pacientes: em família omite-se o que devia ser falado e fala-se o que não devia."

"Oi, legal, galera, o pai liberou!"

"Vai em frente, Giovanna..."

"Vou contar essa, é rapidinha. Numa entrevista pra candidatos a uma vaga de bispo em igreja da periferia, o chefão largou: 'Filho, você já passou em todos os testes, só falta responder a última pergunta!' 'Estou preparado', disse o candidato. E aí o chefão, 'Então, responda rápido: para correr do demônio, se você tivesse que escolher entre ser veado ou ser ladrão, qual seria a sua opção?' O candidato respondeu, 'Veado, nem pensar!'. E aí o chefão largou, 'Aprovado, meu bispo, é de gente decidida que a nossa igreja precisa!'"

"Giovanna!"

"Mas, pai, você tinha liberado!"

"Tudo bem, mas agora chega!"

"... aqui em casa, sabe, Otávio, todas são boas de uísque. E eu não ensinei nada! Mãe e filhas já nasceram atrevidas. São cópias uma da outra! Para dar uma ideia, mãe e filhas usam o mesmo perfume. E antigo! Você já viu isso? Até parece herança genética. Mas isso é coisa da sua área. Você aceita mais uma dose?"

"Ahnnn! Aceito sim, mas eu mesmo me sirvo. Três pedras de gelo, bem, eu tenho mania de três!"

"Vou mandar repetir os canapés, meu filho! Já, já vamos para a sala de jantar."

"Ahnnn! Tudo bem, não se preocupem comigo!"

"O Otávio adora ouvir sopranos! Tenho até ciúmes da Kathleen Battle e da Mirella Freni!"

"Ora, Débora, sei me controlar!"

"Mas, amorzinho, parece que você tomou seu uísque muito rápido, e ainda repetiu mais de uma vez, não foi? Conheço bem a sua carinha..."

"Ahnn! Não, estou bem, só preciso ir ao toalete..."

"Otávio, passando de destilados a fermentados, você quer escolher os vinhos? Tenho uma boa adega, sabe? E o nosso garçom é bom sommelier. Nos dias de hoje, para ignorar o desgoverno da coisa pública, só com anestesia divina envelhecida em barris de carvalho. Venha comigo, não é todo dia que filhas marcam data de casamento!"

XXIV.
Imprevisível Giovanna

Fui à adega, via toalete. Posição ridícula: encurvado, copo na mão, meio palmo abaixo da cintura. Percorri quilométricos vinte passos de carpete e solucionei a crise. Quase um priapismo! Ninguém notou a manobra, embora o inconsciente feminil seja infalível. Aliás, aparece num rodapé do *Amor em família*:

> *Mesmo ao homem bem vestido, chapéu bem-posto, de guarda-chuva e sobretudo em plena Viena, o olhar da mulher logo o traspassa em três direções: pés, olhos e falo. Não foi à toa que Freud deitou e rolou sobre o complexo da castração feminina.*

"*Queridos, em noite romântica, nada melhor que ouvir os noturnos de Chopin!*"
"*Falou, Mamy! Saber que minha irmã vai casar com um cientista fofo me deixa meio romântica, meio filosófica! Melhor deixar as sopranos para outra hora... não é, Otávio?*"
"*Giovanna, minha filha, chega de uísque!*"
"*Sua mãe tem razão, Giovanna, não exagera!*"
"*Valeu, pai, só mais unzinho, a ocasião merece! Gente, não vai ter pedido? Já sei, tudo bem, a Débora não quer!*"

"Giovanna, é melhor maneirar o comportamento!"

"Comportamento? Você não está no consultório, doutora! Galera! Já aprovei o Otávio! Um brinde ao futuro cunhado. E um selinho também!"

"Ahnnn!"

"Mariana, acho melhor mandar servir logo o jantar!"

"Vou saber da Larissa se o Guilherme ainda vem."

"Sem chance, mãe, a Larissa não ia convidar o Guilherme sem me consultar! Seria sacanagem!"

"Achei melhor não chamar o Guilherme. Continuamos amigos, saímos juntos, tudo numa boa. Não precisava dar chilique, Débora, eu acho até que..."

"Larissa! Veja lá o que vai dizer!"

"Sei o que vou dizer. Eu acho que se o Guilherme viesse, teríamos um ar de déjà-vu no ambiente..."

"Larissa! Não azeda o meu jantar!"

"Calma, Débora, tenho maturidade."

"Detesto gente sonsa, e os defeitos do Guilherme, bem, é melhor parar por aqui... Vamos falar dos preparativos do meu casamento!"

"Ga-le-ra, se eu me casar um dia, e se pintar uma separação, não vou olhar mais o cara nem pelas janelas da internet! O mundo está cheio de carentes. Valorizo o meu piercing no umbigo, e o ideograma do mel tatuado na bunda, e não é qualquer língua que chega lá!"

"Minha filha, temos visita!"

"Relaxa, Mamy, o Otávio já é de casa!"

"Você, Lolita, diz isso hoje, ainda sem experiência de vida conjugal."

"Falar com conhecimento adquirido na experiência alheia é sujeira, não vale, irmãzinha doutora!"

"O que não vale a pena é polemizar as origens da minha experiência! Me deixa terminar meu raciocínio... bom, acho que todos nós *somos vulneráveis ao cotidiano a dois. Além disso, os parceiros têm estranhos comportamentos: quando estão próximos se reconhecem pelos defeitos, e se estão longe imaginam virtudes que o outro não tem."*

"Gente, chega de terapia em família. A noite é minha e não quero saber de frescuras de consultório sentimental. Vou bater na madeira. Isola!"

"O jantar está servido! Hoje é com lugar marcado: eu e Gilberto nas cabeceiras, Larissa e Otávio no meio à minha direita. Débora e Giovanna à minha esquerda."

Exumar sutilezas daquele jantar me sensibiliza ainda hoje. E fico em estado de graça quando penso no pé feminino, descalço sob a mesa, acariciando discretamente o bico do meu sapato. Levei um bom tempo até descobrir qual das irmãs me assediou.

Por outro lado, meu eu lascivo me cochichou inúmeras vezes que nenhuma das filhas reunia, de maneira tão harmoniosa, beleza, graça, sensibilidade, charme, desprendimento, segurança, presença e perfume como a rainha-mãe, Mariana — que sabia ungir a palavra com gestos sagrados e guardar no olhar incestuoso um silêncio bendito.

Tive a impressão, ao nos instalarmos, de ouvir discreto, mas uníssono, "Oremos!".

Após um silêncio de meio minuto, olhar potável novamente quebrou o gelo e em seguida:

"Nada como ter um genro sofisticado! Sabem o que ele escolheu? Branco: um Chablis Grand Cru 1992! Tinto: um magnífico Sassicaia Bolgheri, 1985! Acho que a Mariana cochichou que teríamos ravióli de pato como entrada, e depois paletas de cordeiro... Vai ver que naquela ida ao toalete o nosso sommelier deu a dica..."

"Ora, Gilberto, você está de brincadeira, o Otávio tem berço, sabe harmonizar vinhos e pratos!"

"Era brincadeira mesmo, querida. Claro que ele sabe, e nos dias de hoje isso é ótimo..."

"Gostei de ver, Otávio, num tempo desses em que a vulgaridade predomina... e o conhecimento, a cultura, as artes, os gostos são ditados pela televisão e seus marqueteiros como produtos de feira — que tem lá os seus interesses e patrocinadores como qualquer entidade obrigada a dar resultados... Queridos, temos o privilégio de privar com uma pessoa fina e, Débora, meus parabéns, eu nunca duvidei da sensibilidade de minhas filhas..."

"... Outra coisa, meu filho, quando Débora viajar e você se sentir só, nada de cerimônia, venha aqui pra casa, temos três quartos de hóspedes sempre arrumados. Aliás, só raramente são usados por minhas sobrinhas gêmeas, Samanta e Rebeca, quando vão a alguma festa com a Giovanna e preferem dormir aqui em casa!"

"Oba! Arrasou, Mamy, nota dez, e eu vi que ficou no básico, só tomou duas doses de uísque! Pois é, Otávio, qualquer dia desses você vai conhecer as nossas primas gêmeas, Samanta e Rebeca, são cantoras líricas profissionais... e lindíssimas! E vão cantar no coral da Igreja... na cerimônia... Se a Débora ainda não falou delas, falo eu, sou imune a ciúmes..."

"Giovanna, minha filha, vê se sossega aí! Otávio é como eu disse: gente fina! E até já soube de suas pesquisas científicas premiadas!"

"Ahnn! Samanta e Rebeca! Adoro nomes bíblicos! Quanto aos prêmios, gente, olha o exagero, fico sem graça..."

"Pode deixar, Otávio, conheço o gosto apurado de minhas filhas."

"Otávio, você parece ter a verve do bom moço!"

"Gilberto, não precisa adular o Otávio, sabemos que ele é fora de série!"

"Caraca! Pô! Mamy, modéstia tem lugar e hora, e que o meu cunhado é brilhante, tudo bem, mas vamos valorizar a prata da casa que é jornalista de gabarito!"

"Giovanna! Não precisa me defender. O Otávio até acessou meu currículo na internet antes de me conhecer!"

"Eu não teria tanta certeza!"

"Giovanna, minha filha, você já está meio alegre!"

"Calma, pessoal! À minha mulher, às filhas, ao Otávio, então é isso, um brinde ao amor!"

"Tim-tim!!! Ao melhor do amor em família!"

"Giovanna, não me obrigue a dar uma de mãe autoritária!"

"Relaxa, Mamy! Sabe, Otávio, elas dizem que eu sempre passo da conta. Minhas irmãs são burocráticas, metidas a certinhas, enquanto a vida é uma dádiva, um rio que flui, uma nuvem que passa, e tudo acontece naturalmente, está no plano astral, nas estrelas."

"Giovanna! Lá vem você com seus misticismos de revista feminina!"

"Falou! Pai! Mas garanto que o nosso destino — o de vocês como pais, o meu, o do Otávio e o das minhas irmãs — as estrelas já traçaram, não tem jeito! Vamos, Otávio, diz alguma coisa aí, meu futuro cunhado, fofinho..."

"Sendo biólogo, penso que o nosso todo — corpo e mente — já vem codificado na herança genética que recebemos de nossos ancestrais e, bem, esse todo, em suma, é matéria universal modificada."

"Otávio, galera, querem saber de uma coisa? Tudo bem que tomei umas doses a mais... porém... acho que nós todos somos poeira imprestável expulsa das estrelas, tudo bem... e estamos por aí... vagando faz milhões de anos no espaço... Pois bem, vai ver até que Débora, Larissa e eu temos as mesmas substâncias básicas..."

"Giovanna..."

"... ainda não acabei... continuando... vai ver que nós três temos os mesmos poderes de fazer isso e aquilo, certo ou errado, no claro ou no escuro, há-há-há, ou até o mesmo cheiro daquelas três estrelas brilhantes que vemos a olho nu e que chamam de Três Marias... Valeu, galera, se é que estrela tem cheiro, há-há-há..."
"Giovanna..."

Após o silogismo de Giovanna, percebi a abrupta realidade permeando as três irmãs. Concluí que eu tinha sido cego todo aquele tempo. E ruminara dúvidas à toa. Aliás, desde a primeira vez que li, no consultório de Larissa, e depois na sala do doutor Guilherme, o estranho aviso proibindo a entrada de pessoas com os pés no chão.

Compreendi haver mais do que experiência, conhecimento ou mesmo sabedoria na advertência do pequeno quadro. Sim, continha algo além. Reli-o de novo na memória várias vezes até suspirar aliviado. O aviso deixara de ser um enigma. Era, de fato, um trunfo.

E a nova realidade impôs-se tão nítida naquela ocasião que uma euforia indisfarçável tomou conta de mim no resto do convívio.

Lá pelas tantas, após beijinhos e afagos sociais, ao despedir-me com sonoro e alcoólico cumprimento de "boa-noite a todos", percebi que, assim como as três irmãs, eu também levitava meio palmo acima do chão.

SÉTIMO PEDAÇO

XXV.
Casados

Na igreja de Santa Margarida, no bairro da Lagoa, tudo funcionou religiosamente: ritos, deslizes e pecadilhos. A noiva atrasou nos conformes, olhares machistas bolinaram decotes sagrados, pupilas feminis enfocaram o presumível masculino abaixo das gravatas, nenhuma santa borrou a maquiagem, nenhum beato confessou má intenção às maquiadas. Confesso que ao identificar sopranos no coral da igreja quase me desestabilizei.

Flores, padrinhos, convidados, penetras, sacristão e demais protagonistas murcharam durante a pregação sacerdotal. Acordes o sim dos noivos com os sinos da torre, bem como aprumadas as alianças nos dedos e aquelas prometidas de boca na doença e na saúde, nos retiramos sob acenos convencionais. A recepção foi logo adiante, no Clube Naval, à beira da Lagoa.

Na festa: vozerio, metais, percussão, dança, comes e bebes. Fiquei ruborizado a maior parte do tempo. Ganhei beijos, abraços e pisões de pessoas que jamais vira nem tornaria a ver. Troquei, literalmente, nomes e apertos de mão. Ao pé do ouvido dos familiares mais chegados omiti o que devia ser falado e falei o que não devia. E assim foi até a festa acabar.

A viagem de lua de mel durou 13 minutos, se tanto, de automóvel. Da recepção à minha casa. Débora quis assim. Alegou que viagens propriamente ditas faziam parte do seu cotidiano profissional. Preferiu curtir o novo lar e demonstrou bom senso. Concordei sem reticências.

Mas nunca entendi o seguinte: Débora, desde o primeiro dia, renunciou à governança da casa. Delegou praticamente tudo à Berenice, digo, dona Berenice, que, certamente, havia anos cuidava de tudo. Mas tal situação era uma circunstância que se prolongara pelo fato de que, além de órfão, eu vivia só. Embora arriscado tentar compreender a lógica feminina, estranhei que uma recém-casada abdicasse do mando territorial e não impusesse na casa o selo de posse característico da mulher.

No escoar dos meses, ainda que Débora se empolgasse com decoração e ornamentos, na verdade não se ligava no dia a dia doméstico, na rotina, burocracia e nas minudências do lar. Preferia mandar sem comandar. Possivelmente, concebia sua nova casa como albergue à espera do hóspede cerimonioso que sempre está para chegar, mas sabendo, de antemão, que nunca virá.

Ou: adivinhara que o nosso casamento teria hospedagem curta.

Ou: sentia que a nossa união perdera aquela fase preambular do desejo, o antegozo, pois, cedo, matáramos a curiosidade anatômica dos amantes que, às polegadas, investigam a porosidade da nudez.

Ou: percebia que nos entregáramos aos festins viscerais, sem que as papilas de um reconhecessem, na epiderme do outro, o néctar sonhado.

Ou: talvez mais provável, meus feromônios não identificaram na sua pele, além do Chanel N° 5, o rastro, a temperatura, o cheiro, os gozos, e ainda mais frustrante, os gostos e desgostos da irmã.

Pois é. Na vida, se procuramos desculpas para alívio da alma, sucumbimos às influências da vez. Acho que muitos casamentos pontuam a satisfação social e não a felicidade do casal. Débora e eu, por exemplo, nos iludimos com a tirania da moda: casar em grande estilo — que é muito diferente do simples casalar. Devia estar louco, porque sempre fui refratário às coisas de moda, a holofotes, a vozerio amplificado.

Daí nossa união ter sido apenas maquiagem de uma aliança, espécie de parceria, um quase negócio. Realizamos um mimetismo sociológico.

Isso mesmo. Curtimos um sentimento desejável, porém nosso casamento jamais foi uma união sentimental imprescindível aos dois, condição que é clichê em consultório de psicólogo urbano, mas e daí? Sou biólogo, sempre vejo as coisas friamente, aliás, cientificamente. Sabemos todos que, no colo da natureza, o mimetismo protege por imitação a fragilidade do verdadeiro.

O problema é que entre seres humanos tudo é mais camuflado, mais falseado, e o mimetismo social, melhor dizendo, a maquiagem social encobre erro ou desvio de comportamento. Faz tempo me convenci de que disfarces sociais legitimam perversões. E o casamento, bom ou ruim, de longa ou curta duração, é um tipo de perversão maquiada. No início, a perversão precisa de maquiagem. Depois, ocorre o inverso: a maquiagem precisa da perversão. Que é de moda ou está na mídia, ou nos folhetins da TV, nas noites de *reality show* ou nos ralos da internet.

Ainda hoje me surpreendo ao rememorar minha primeira convivência com Débora e seus familiares. Talvez meus arquivos memoriais tenham sido alterados pelos tapas, digo, pela emoção que adicionei ao uísque e vice-versa. Acho que foi isso. Verdade que descobri notáveis proteções à massa encefálica a partir dos cogumelos, florações e mudas que dona Berenice, a meu pedido, cultiva no jardim da casa. Contudo, seria imprudente revelar a fórmula. O mundo já está até aqui de drogas!

Minha sorte é que, aos 39 anos, a textura neuronal de qualquer indivíduo consegue reproduzir milhões de células suplementares, capazes de reconstruir circuitos levados pelas enxurradas etílicas. Às vezes, tenho vontade de parafrasear aquele argelino, o Camus, e dizer para mim mesmo, *"A embriaguez é um ato de confissão"*.

XXVI.
Drogas sociais

Enfim, enfim, ao menos um brinde à minha mulher, Larissa, digo Débora! O amor em família leva a isso, a gente se esconde, toma antídotos, drogas, se protege, finge daqui, dali, mas acaba se traindo. O amor é feito arte: inutilidade subjetiva, porém essencial. No início da nossa vida a dois, eu bebia socialmente — expressão regulamentada pelas elites para admitir o consumo de álcool nos parâmetros toleráveis da droga que é.

Bem, não é porque estou meio bêbado que enalteço a pureza da "água da vida", ou seja, do uísque, mas toda droga é neutra, quase inocente. O perigo individual e a ameaça social residem no desejo do consumidor de conhecer seus efeitos, conforme qualquer manual de saúde pública, se é que existe no mundo de hoje algo do gênero. Se existisse, diria que a força motriz do vício está na compulsão mórbida de experimentá-lo, não importa a que custo. E, por isso, todo mundo devia saber que o vício de amar a cunhada não é diferente de qualquer outro.

Sim, eu estava ruminando a droga do casamento.

Ultrapassada a fase de descobrir o ressonar de Débora, passei a beber mais, tentando preencher os vazios da relação e esvaziar o saco cheio da mesma. Aprendi isso com todos os sentidos disponíveis menos um. Isso mesmo. Temos que desligar a audição aqui, ou o tato ali, ou a visão acolá de vez em quando, que desacertos conjugais surgem de toda parte, do quase nada e até do nada — na velocidade inestimável e discutível a valer das pequenas causas.

Constatei que nossas pequenas discussões não eram como as minhas experiências no laboratório. Se meus testes tinham êxito, eu aprimorava ingredientes, métodos, fórmulas, e transformava-os em produto final. Se falhavam, eu botava fora os agentes e recomeçava. Simples assim. Porém, se casar bem já é uma loteria, recuperar um casamento só apelando a Deus, que, escolado, nunca responde. Além do mais, no transcurso da nossa vida de casados, as discussões podiam variar de iníquas a inócuas, porém impostergáveis.

"Vou trabalhar até tarde, preciso mergulhar numa fórmula nova. Não me espere pra dormir."

"Tudo bem, antes de sair dou um 'tchau'. Vou ao Irã entrevistar líderes xiitas. Volto em 15 dias."

"Legal! Que tal me trazer um xador?"

"Xador? Vai dar de presente pra alguém?"

"Ainda não sei, bem, é só um xador."

"Tenho uma concorrente gregária, amorzinho?"

"Querida, todas as mulheres são concorrentes entre si: mães, avós, amigas, irmãs, tias, sobrinhas, cunhadas, vizinhas, comadres, atrizes, bailarinas, esposas, amantes, pianistas, desportistas, cartomantes, professoras, empregadas domésticas, diaristas, babás, magistradas, deputadas, escritoras, jornalistas, apresentadoras de TV, operadoras de telemarketing, e até secretárias eletrônicas! É condição inata da natureza feminina. Sou biólogo, assino embaixo!"

"Otávio, meu querido, já disse a você um milhão de vezes que a mulher moderna pode ser concorrente de outra, mas não por causa de homem, de dependência de macho. Ela pode ser ou se sentir concorrente de outra pessoa, de uma parceira em questão profissional, social, intelectual, política e tudo o mais! Não enche! Até a volta!"

"Boa viagem e feliz missão, minha flor! Mas não esquece o xador!"

"Não vou trazer xador porra nenhuma, até agora você não disse o principal, pra quem vai dar o xador!"

"Então vou repetir pela milésima vez, e com todas as letras, pingos, travessões, cedilhas e hifens antes que as autoridades acabem com o idioma... Você..."

"Vai ficar falando pras paredes, estou de saída... Porcaria!... Nessa discussão idiota não reparei que aquele outro sapato vinho ficava melhor aqui..."

"... Você, minha querida, não tem nenhuma culpa. A natureza feminina é assim mesmo. Em nenhuma hipótese o comportamento da mulher se prende exclusivamente ao fato em si ou à coisa em si. No sentimento feminino mais vale a aparência que a transparência! Bem, você sabia que algumas mulheres chegam ao ponto de especular por que só elas engravidam e não os homens ao menos de vez em quando? Resumo da ópera feminil: coisa lógica não tem a mínima graça, complicar é preciso!"

XXVII.
Pequenas causas

Lentamente, Débora e eu preenchemos nosso prontuário conjugal. Que todo casal tem ou vai ter quanto ao infinito doméstico das pequenas causas. Sim, divergências de opinião sobre isso e aquilo, seco e molhado, frio e calor, assim e assado, claro e escuro, doce e amargo, salgado e insosso, caro e barato, com e sem alça. Que mais? Critérios divergentes quanto a passar manteiga no pão, segurar o copo ou o talher, dizer alô ou olá no telefone, usar o guardanapo, afrouxar um laço, limpar o tapete, fechar e abrir a janela, aumentar e diminuir o volume do som, colocar mais gelo ou menos gelo no copo…
Que mais? Descerrar ou vedar os ouvidos conforme interesses e conveniências. Enfim, pressionar sem limites a individualidade do outro. Foi isso: carga abusiva de intolerância no dia a dia sufocou a relação. Meu lado sociopolítico diz que a pior das tiranias não é ideológica, religiosa, bélica ou militante. É doméstica. Que intimida, sacaneia, subjuga e humilha sem armamentos de última geração. Basta-lhe o sutil, insuportável e milenar instrumento de tortura: a promiscuidade do cotidiano.
Sem pleitear inocência, eu costumava dizer:

"*Débora, minha flor, o casamento une formalmente duas pessoas, e isso está nos conformes legais! Mas ninguém deve renunciar à sua individualidade, sob pena de ter a personalidade cerceada e, em consequência, o eu anulado — esse senhor poderoso que manda na gente, e que é intolerante e, pior, não suporta outro pronome na órbita do seu universo egocêntrico.*"

O diabo é que as pessoas não entendem assim. E querem subjugar, tiranizar, escravizar alguém. Acho que o motivo é sempre o milenar inconsciente coletivo. Aquela obsessão de sufocar o semelhante, e, se próximo, melhor ainda. Amor fraternal uma conversa! Sou biólogo, posso falar de cátedra, com pinça, lamínula e microscópio: anticorpos se reproduzem na intimidade. Num concubinato de células vivas e mortas. Na textura do silêncio. Débora obrigou-me a aceitar como rotina o seu alvoroço com viagens, idiomas, câmbio de moedas e de companheiros de viagem, troca de voos, de baldeação, de horários, de escalas, de rotas, de aeroportos, extravio de bagagens, validade de vistos, inspeções alfandegárias, revistas e fiscalizações antiterroristas.

No começo, tudo bem. Que viajar assim era uma pedreira eu já sabia. Mas transar na conveniência de seus fusos horários, períodos e humores lunares só foi gracinha no início. Pior é que demorei a entender o que acontecia realmente. Até que... Bem, aconteceu numa das minhas mil e uma noites de insônia. Personagem de Guimarães Rosa me apontou com a maior tranquilidade no meio da página: "*A gente só sabe bem aquilo que não entende*".

Uma semana depois, entendi.

"Meu querido, estou louca de saudade, mas não durmo faz três dias, pulando de avião, e tive enjoos... nada a ver com gravidez, mas com turbulências. Estou dormindo em pé... segura esse tesão mais um pouco..."

Suas críticas aos meus hábitos também pesaram nas desavenças. Débora não admitia certos guardados de estimação na minha memória, mesmo que eu fosse buscá-los para compartilharmos. E fazia muxoxos porque eu dormia abraçado ao travesseiro. E ar de reprovação quando eu trabalhava seminu no laboratório. E cara de espanto quando eu não a reprovava por uma besteira qualquer. E resmungava ao escutar o mantra sugestivo que minha mãe me ensinara. E recriminava minha capacidade de sujar três cinzeiros com um cigarro só.

Mais:

Bocejava quando eu ascendia a outras dimensões ao ouvir o concerto para piano número dois de Beethoven, pela terceira vez consecutiva. Ou franzia a testa, durante o café da manhã, quando eu dividia sem compasso e esquadro a fatia de pão integral em quatro retângulos e cobria-os, na ordem: superior direito com manteiga; esquerdo com geleia de damasco; inferior direito com mel de abelhas, e o esquerdo com pasta de queijo fundido.

Menos:

Jamais recriminei seus hábitos. Mesmo o de falar durante o sono e revelar fatos incompatíveis com a sua personalidade em vigília. E fui tolerante ao descobrir suas experiências lesbianas não muito distantes no tempo e espaço. Também nunca me importei com os achados de dona Berenice: camisinhas masculinas, de diversas marcas, em suas valises de viagem.

Verdade que Débora não titubeou, e enfrentou minha aparente naturalidade de corno:

"Coleciono camisinhas, sem distinção de sexo, querido, não reparou que são de marcas, países e procedência diferentes? Estão no invólucro original. Ainda vou fazer uma reportagem sobre isso. Estou procurando uma espécie de álbum... é que ainda não achei, mas..."
"Ahnn!"
"... a minha prima, Samanta, me disse que talvez encontre coisa adequada em Londres, bem, não é que seja lá novidade! Os ingleses adoram insignificâncias, e se chegadas ao extravagante então... e lá tem de tudo..."
"Mas você nunca me falou..."
"Você sabe que não comento insignificâncias, querido, isso é coisa de quem não sai do microscópio!"
"Mas, minha flor, é ali no microscópio que se vê a origem das coisas, da vida, do mundo, e, bem de perto, como se formam e em que se transformam as insignificâncias!"

XXVIII.
Temperos

Casamento pode juntar dois desconhecidos e separar dois conhecidos. Por mil razões ou um só motivo. Ou nenhum. Tudo em consequência de insignificâncias permanentes que os parceiros instilam de forma mútua: palavrinha maldosa, palavrão acintoso, gesto involuntário, muxoxo intencional, grito intempestivo. Ou decorrentes do tempero ácido agregado ao tom de voz num simples "bom-dia", "boa-tarde", "bom trabalho", "bom almoço", "boa sorte", "boa viagem", "boa-noite". Ou resultantes do silêncio consciente, da indiferença programada, do esquecimento proposital, da surdez inconsciente. Na vida conjugal, tanto o movimento quanto a inação podem assumir condição peçonhenta, ou seja, tempero venenoso. Não dá para fazer essa experiência cientificamente, e muito menos preparar antídoto.

No nosso caso foi impossível qualquer tipo de ação preventiva, pois Otávio Nunes Garcia era agente, reagente, laboratório e cobaia da vez.

Na trilha das insignificâncias permanentes troquei o esmalte do casamento pelo malte do uísque. Dessa época, restou-me a nostalgia dos exilados sentimentais. Aprendi: não há pior forma de exílio do que se submeter à rejeição amorosa. Sim, quando a pessoa sente que foi despejada do íntimo de alguém que ama. Pode parecer contraditório, mas acho que ao menos um dos meus eus malcontentes amava Débora.

Apesar do rebuliço que as insignificâncias do dia a dia provocaram na nossa relação, e a despeito das constantes viagens, dos comprometedores solilóquios noturnos, da ímpar coleção de preservativos, a criatura alegou minha múltipla infidelidade e sem apontar isoladamente a irmã. Na condição de biólogo, eu poderia argumentar que o macho é geneticamente polígamo, e que o adultério, mesmo não sendo obrigatório, já vem contemplado no código milenar da natureza. Porém, seria machismo pra lá de cínico embarcar na metodologia da ciência como desculpa adulterina.

A família Pontes confirmou que pessoas de bem preferem a hipocrisia ao escândalo. Discretíssimos, os pais e irmãs de Débora admitiram que a surpreendente incompatibilidade de gênios, minhas tendências à reclusão e ao alcoolismo, e os ciúmes, idiossincrasias, viagens e dissabores de Débora cavaram nossa separação.

Em meu socorro: com toda a raposice de jornalista, Débora nunca pôde provar minha infidelidade. Lógico! Mal ela iniciava sua ladainha, eu reagia veemente e negava qualquer interesse por outra mulher, inclusive Larissa. Dentro dos meus limites de timidez, fui tão impetuoso e teatral que acabei acreditando na minha versão. Aliás, meu pai, o velho Osvaldo, dizia que segundo o código masculino (sic) o homem deve mentir à mulher traída mesmo depois de crucificado, morto e sepultado.

Porém, o sujeito que mente à mulher o tempo todo corre o risco de tomar a farsa como verdade. Já não sei se o meu envolvimento com Larissa, de tão bom e bem dissimulado, foi mesmo real. Ao me barbear pela manhã, na única conversa franca comigo mesmo durante o dia, frente ao espelho, essa dúvida me assalta quando me pego cantarolando, do genial Noel Rosa:

Saber mentir é prova de nobreza
pra não ferir alguém com a franqueza.

O problema é que o ingrediente cruel da dúvida não é a suposição, mas a reticência. Tento me acalmar com fórmulas do tipo: o mundo psicológico é suscetível e venal, e muito diferente do biológico, que é espontâneo e puro. Mas logo, logo, ideias de outra índole me devastam. Em verdade, nós, humanos, passamos a maior parte do tempo no mundo psicológico, criando verdades sem alicerces e mentiras sobre vigas. Isso mesmo, qualquer um de nós pode ter a experiência vacilante dos poetas de calçada: dia sim rodeado de caminhos sem nenhum destino, dia não sem caminho algum para toda parte.

Na trigésima sexta viagem de Débora, no terceiro ano de casamento, senti empuxo no peito. Perguntei-me que diabo era aquilo? Nada de resposta. Tentei de novo, mas ninguém atendeu o interfone do meu *alter ego*. Chamei outra vez e ouvi sinal de ocupado. A seguir, uma tremenda compulsão afligiu-me, torceu e distorceu minhas ideias. Então, meus pensamentos se desfolharam. Larguei meu interfone, passei ao telefone e a outro número.

"Oi, Larissa, sou eu, Otávio, como vai?"
"Olá, Otávio, como vai, tudo bem com vocês? Não falo com a Débora tem uns 15 dias, ela viaja tanto!"

"Pois é, andei pensando numas coisas do tempo em que você cuidava da minha cabeça e, bem... minha cabeça virou um cabide, e, bem... acho que virei um armário cheio de interrogações!"

"Mas você está bem?"

"Pois é isso, preciso esclarecer certas coisas que estavam escondidas ou, sei lá, apareceram de novo na minha cabeça."

"Mas, Otávio, você sabe, e eu expliquei isso na nossa última consulta, faz mais de três anos, não posso mais ser a sua analista, não é ético e, além disso, tecnicamente não é correto, somos cunhados, estamos envolvidos por laços de família!"

"Sei!"

"Talvez o Guilherme tenha acelerado a terapia de apoio, e você antecipou indevidamente a alta."

"Eu mesmo me dei alta porque mandei a tal da falsa timidez praquele lugar..."

"Não estou falando da sua falsa timidez. Você a superou com a psicoterapia catártica. Falo dos problemas que surgem na relação conjugal, entre marido e mulher, quando uma terapia de apoio pode ser útil."

"Mas, doutora, aliás, Larissa, droga! Desculpa a minha confusão de você ser e não ser quem eu gostaria que fosse. Isso me põe louco! Eu jurei que depois do doutor Guilherme e de tudo que ele fez comigo, não me abriria com mais ninguém. Claro que com você é diferente..."

"Otávio, hoje sou sua cunhada, não posso nem devo me posicionar como terapeuta dos seus conflitos!"

"Médicos psicanalistas são isentos do juramento? Abandonam o paciente? Isso não é omissão de socorro?"

"Calma, Otávio, você está ótimo, teve alta faz tempo, e não é mais meu paciente!"

"Larissa, não quero ouvir você como analista!"

"Como assim?"

"Não quero você como psicanalista, nem como cunhada. Quero falar com você de homem para mulher!"

"Que progresso, meu caro! Bem, Otávio, isso já é outra coisa, então o que você sugere?"

"Ahnn!"

"Otávio, fala!"

"Ahnn! Eu gostaria que você viesse até aqui, estou sentindo uma coisa compulsiva e..."

"Continua."

"Eu preciso te dizer uma coisa importante."

"Importante pra mim?"

"Pra mim também, mas tem que ser aqui em casa!"

"Pega mal, Débora nem está aí!"

"Ela nunca está! E só volta no próximo sábado, imagina, hoje ainda é domingo! As empregadas estão de folga, e eu estou sozinho, remoendo besteira, meio deprê."

"Meio o quê?"

"Depressivo, angustiado, sei lá, preciso de você!"

"Que horas são?"

"Cinco e meia, está escurecendo mais cedo."

"Você está sozinho mesmo?"

"Sozinho, claro, com meus fantasmas..."

"Bem, me dá uns quarenta minutos, hoje estou sem carro, vou ver se a Giovanna me empresta o dela, ou se vamos nós duas até aí."

"Mas a Giovanna não pode saber que nós dois..."

"Tudo bem, até já!"

OITAVO PEDAÇO

XXIX.
No cemitério

O enterro do doutor Guilherme foi à tardinha. Noventa e três pessoas, homens na maioria, em linha fúnebre, entre rogos e preces, depositaram pétalas de vários matizes sobre o féretro no fundo da sepultura. Cesto de palha entrançada continha restos de corolas. Já que eu era o último da fila, virei a boca do cesto para baixo e fiquei a observar o mudo cair das pétalas.

Calculei tudo. Decidira, sim, ficar por último, enquanto acompanhava o cortejo entre as aleias irregulares do cemitério. Sequelas da timidez ao longo dos anos talvez explicassem a mim mesmo tal atitude. Mas não é estranho alguém decidir o oposto da maioria, em um mundo de concorrências onde todos querem chegar primeiro nem que seja ao hímen da mulher amada?

Enfim, tudo tem sua explicação e hora. Sendo o último dos lutuosos, ninguém reparou que, discretamente, sem o menor ruído, empurrei o Otávio que hospedo para o fundo da mesma cova onde jazia o corpo do doutor Guilherme.

Perdão, minto, acho que os coveiros notaram meus movimentos, mas com a proverbial indiferença da profissão. Em suas mãos toscas, colheres de pedreiro aguardavam o pasto. Massa fresca de cimento e cal exalava forte sobre o tabuleiro num canto do mausoléu. À espera. Sempre tem que haver espera. Ainda bem que a vida toda fui fiel à espera dos acontecimentos. Os brutos aguardavam ordem para vedar a cripta. Tive a impressão de que o comando, enfim, veio no polegar direito de Larissa. E assim, os restos do doutor Guilherme tomaram o rumo de outras formas de vida, outras viagens, há muito estabelecidas no colo da natureza. Primeira estação: decomposição. Segunda estação: novos minúsculos seres. Terceira estação: Deus saberá. Quarta estação: e como Ele não diz, nem nunca responde, ninguém saberá.

Bem-te-vis de papo amarelo e luto na crista ensaiaram choro sem flauta nem cavaquinho ou bandolim. Mosquitos sobrevoando o lugar eram indiferentes às questões de ser, não ser, deixar de ser, voltar a ser. Sem garbo nem uniforme, os coveiros selaram a tumba pondo fim à cerimônia.

Campainhas de celulares começaram a tolher dos lutuosos o ar solene e, em consequência, coube à sisudez do mármore assumir a gravidade do momento.

Enquanto cumprimentos consternados desfaziam a solenidade, Larissa, triste, bela, doce, real, entre visagens e murmurações, aceitava o genérico social para as dores da morte:

"Meus pêsames!"

Cumpridas as derradeiras eufemias, semblantes enlutados foram deixando o campo santo. Pareciam visitados pela consciência da morte. Em todas as cabeças, a pergunta de sempre: afinal, o que é a morte? Porém, nem mesmo um biólogo apaixonado pela fisiologia e drogas da paixão poderia matar a pau o questionamento sobre a colônia de aminoácidos que se desfaz. Finalmente, não mais que cento e poucos passos, três dedos de prosa filtrada no celular e dez minutos adiante, em todas as cabeças a consciência da morte deu de ombros, entrou no carro previamente estacionado ou pegou um táxi.

XXX.
Encontro de almas

Sabedoria proverbial diz, *"Nem tudo é o que parece"*. Pois bem, logo em seguida ao desfecho do enterro as coisas aconteceram mais ou menos assim:

"Meus pêsames, Larissa! Eu queria dizer, bem, nem sei o que dizer, pois é isso, todo mundo já foi, só ficamos nós dois aqui meio perdidos, acho que meio paralisados..."

"Otávio! Vamos encarar a realidade, nós éramos, aliás, nós fomos os únicos familiares presentes, se é que podemos dizer assim. Entendeu bem? Só nós dois! Enfim, tudo tem um significado! E você? Tem notícias da Débora?"

"Ainda no Egito, cobrindo uma expedição às pirâmides, nem deu para avisar e, bem, você sabe, não é de hoje, mas estamos nos separando..."

"Pois é, lamento, eu sei... Vim só, Giovanna não vai a enterros. E o do Guilherme... seria inconveniente comentar isso agora... Meus pais estão na Tailândia, visitando templos budistas, achei melhor não dizer nada por enquanto. Bem, acabou, vamos embora..."

"Você veio de carro?"

"Vim, quer carona?"

"*Seria bom, está ficando escuro.*"
"*Assim conversamos um pouco, deixo você em casa.*"
"*Agradeço. Olhe só, eu não sabia que ele era cardíaco!*"
"*Acho que não era. Uma pena! Logo que me avisaram chorei muito, apesar de o nosso casamento não ter dado certo...*"
"*Soube pelo obituário que recebo da internet.*"

Mesmo triste, enlutada, Larissa me atraía de modo irresistível. Ficaria ao seu lado, no banco do carona, o resto da vida, insensível aos neurotransmissores postando mensagens conflituosas. Ela dirigiu em silêncio, um bom tempo.
Preferi não interromper seus pensamentos.

Quando a morte se impõe como tema obrigatório, qualquer um se regozija de permanecer entre os vivos. A racionalidade foi, é e será egocêntrica. No meu trabalho, aprendi que as leis da sobrevivência carecem de virtude. Aliás, não aprendi, esses ensinamentos estão no colo da natureza para quem quiser.
Numa esquina, enquanto esperava o sinal verde, minha musa abriu a bolsa, pegou o batom e reanimou os lábios — as faixas assimétricas descoradas. Estava meio escuro, e a cor do batom me pareceu chegada ao vinho. Larissa, como sempre, sabia ler meus pensamentos.

"*Ele, Guilherme, recebeu alguém para jantar, e como apreciava vinhos, parece que bebeu muito ou, talvez, o convidado misturou alguma coisa que não caiu bem, não sei...*"
"*Mas foi morte natural, não foi?*"
"*Enfarte fulminante do miocárdio!*"
"*Larissa, sei que não é polido falar do morto...*"

"O que você quer dizer?"

"Ele era meio estranho, e como pôde renunciar a uma criatura maravilhosa como você?"

"Olha só, Otávio, isso é delicado demais até para psicanalistas. Acabou de acontecer, vamos respeitar... e aguardar..."

"Aguardar o quê?"

"O resultado das análises..."

"Estão suspeitando de alguma coisa?"

"Os seus amigos da confraria de sommeliers suspeitam que ele tenha bebido alguma substância venenosa misturada no vinho."

"Sério? Um sommelier como ele teria notado!"

"Difícil saber, o vinho é como as pessoas, também tem seus mistérios!"

"Mas pelo jeito ele morreu sem sofrimento, isso já é um consolo, um privilégio!"

"Se foi sem sofrimento, só Deus sabe. Ei! Você já está na porta de casa! Conversando, conversando, nem sentimos o trânsito."

"Vamos entrar um pouco! A garagem está vazia. Débora, quando viaja, deixa o carro no estacionamento do aeroporto."

"Não vai dar, preciso relaxar!"

"Larissa, anda, vem! Entra um pouco, aproveita e relaxa conversando comigo."

"Hoje não, quando a Débora chegar passo aí."

"Ela só vai chegar no fim do mês, e já está de mudança, levando as suas coisas! Larissa, vem..."

"Está bem, depois de um dia como esse precisamos de companhia, e, bem, de um uísque duplo!"

"Vou abrir a garagem!"

"O jogo da direção desse carro é como..."

Não me lembro de pormenores, só sei que uma torrente de ações e emoções personalíssimas se instalou. Ela: estacionou, desligou, engrenou, saltou, bateu a porta, acionou o alarme. Eu: avancei, medi passos, abri portas, carreguei-a. Nós: fechamos portas, subimos escadas, descemos garrafas, esvaziamos copos, ouvimos CDs: Schumann, Schubert, Brahms, e alguns sopranos.

Em seguida, continuamos vazando o tempo na cinemateca a escolher trechos de filmes mudos protagonizados por Buster Keaton e Chaplin. Constatamos que, nas circunstâncias, somente amar o amor seria sobre-humano. Sendo profissionais ligados à ciência abandonamos posições conservadoras e fizemos novas experiências. Tudo novo: cubas, tubos, reações, provas, sensações, resultados.

Em êxtase, fomos cobaias um do outro.

XXXI.
Página de cinema

A memória é um oceano quase sempre pacífico onde mergulhamos para praticar cinema mudo. Às vezes, em fossas abissais. Pois é. Somos cineastas permanentes da nossa história inconfessável. Ocorre que milhões de neurônios — câmaras naturais em ação — captando, transmitindo sensações e imagens nem sempre bastam. Legendar é preciso!

"Otavinho! Onde você se meteu, danado? Seus pais voltam amanhã e tenho de dar conta de você!"

"Se não me achar, Berê, vou driblar o banho!"

"Otavinho, sua mãe já disse pra você parar com essa brincadeira de ficar pelado, pode pegar um resfriado!"

"Resfriado nada, Berê, tenho 13 anos, quase 14, já sou homem! Olha só esse troço duro aqui, até penduro a toalha nele. O troço não desce!"

"Você nem sabe o que fazer com esse troço."

"Sei sim, e faço todo dia!"

"É mesmo? Então sai daí e me mostra!"

"Quer ver? Vem até aqui!"

"Otavinho!"

"Vem ver o eu que faço!"
"Vou entrar aí e deitar, pelada, na sua cama!"
"Duvido!"
"Duvida? Vou te ensinar de uma vez tudo o que se deve fazer com esse troço numa mulher pelada, de carne e osso."
"Ahnn!"
"Vem, vem! Sai daí, seu safadinho, vê só? Já estou tirando a roupa! Vou ficar mais pelada que essas donas das revistas que você emporcalha, pensa que eu não sei?"
"Ahnn!"
"Vem cá, amorzinho, deita aqui com a Berê!
"Ahnn!"
"Vem, amorzinho, meu lindo, vem se lambuzar de verdade, depois eu te ajudo a tomar banho."

Naquele tempo, Berenice tinha o dobro dos meus 13 anos. Sua silhueta desfilando pelas paredes chegava a quebrar a austeridade geométrica do olhar de meu pai. Flagrei-o, vez e outra, mãos no jornal, olhos em Berenice. Tudo sob lentes ray-ban: ângulos mortos, perspectivas vivas.

Berenice acendia chama singular no plural dos olhos. Pupilas, íris, cílios risonhos iluminavam as covinhas do rosto. Domava a rebeldia dos cabelos com um lenço estampado. Beleza cósmica. Não parecia com ninguém. Devia nada às mulheres nuas das revistas que eu comprava às escondidas no jornaleiro da esquina. E era muito melhor que as beldades no papel imitando cuchê. Mexia-se. E tinha na fala o som, a rima, o tom, a ginga, o dom e o bom da vida.

Graciosa sempre, até nas corriqueiras tarefas domésticas. Sexualmente notável: intensa e imensa. Exalava odores inconfundíveis do apelo feminino. Quando me segurava, lembrando recomendações caseiras de minha mãe, eu sentia na pele ondas de calor da sua palma áspera. Mesmo zangada, sua língua era doce. Tinha sabedoria natural. Aprendera engenhos e artes domésticas com a impecável dona Irene. Berê passava colarinhos, podava roseiras e fazia assados com igual esmero.

Vendo-a na cama, inteiramente nua, crucifiquei a imaginação. Enquanto a perplexidade se desfazia, sua mão febril me puxou pelo braço, me tomou a revista das mãos e jogou-a no chão. Compreendi que as minhas fantasias eróticas estavam por um fio quando sua boca vulcânica entrou em erupção e me inundou com lava sensual. Na exuberante felação, uma voz mansa entrecortava a libidinagem:

"Amorzinho, vou te ensinar tudo, tudo, tudo."

Abalos sísmicos nos alicerces mais íntimos do meu ser juvenil terminaram num espasmo visceral. Que rompeu meus censores cristãos e minhas comportas pagãs.

Quando me reconstruía, lânguido e preguiceiro, Berenice soprou:

"Amorzinho, olha só, agora é a tua vez."

*

Timidez exagerada encobriu todo o tempo a verdadeira natureza do meu relacionamento com Berenice. Porém, um fato curioso me deixou encucado. Que só agora emerge. Nesta reabertura do meu prontuário sentimental. Foi assim. Meses antes do acidente com meus pais, ela participou-lhes a gravidez avançada. A notícia foi recebida com naturalidade, talvez, acho, sei lá, até com ponta de simpatia. Sobre isso nunca encontrei explicação razoável, principalmente para a reação de minha mãe, pois Berenice não tinha namorado nem companheiro. Jamais falara qualquer coisa sobre casamento. Ficava mais tempo conosco do que na casa de seus familiares.

Nas semanas dedicadas aos quefazeres da maternidade, Dora, sua irmã, substituiu-a com igual dedicação na órbita doméstica. Quando o menino nasceu, minha mãe foi generosa. Custeou despesas do parto e da parafernália comum aos recém-nascidos. Disse que era em reconhecimento à dedicação de Berenice. Mas haveria tréplica na pia batismal: Irene e Osvaldo foram padrinhos. Soube que o pequeno chorou forte quando o sacerdote ungiu o sacramento do batismo e o chamou, *"Otávio!"*.

Berenice voltou. Minha mãe promoveu-a a governanta, parecendo adivinhar que, em pouco, faria a grande viagem com meu pai. Aconteceu. Os nós da mão do destino bateram à porta e levaram minha doce Irene e o velho Osvaldo. Fiquei só, com mais fantasmas que antes e menos de vinte anos... Só no mundo. Na casa não, pois Berenice assumiu vários papéis por iniciativa própria, acho. Forças interiores e indomáveis ordenaram que eu ficasse sozinho comigo mesmo, aguardando algo, ou alguém, ou Débora, ou alguém, ou Larissa, ou alguém, ou outro Otávio.

No primeiro aniversário do pequeno Otávio, Berenice fez um bolo e convidou-me a compartilhar do festejo. Fui à sua pequena casa, na subida de um desses morros que circundam a cidade, e que não passam de variação imoral das antigas senzalas. Familiares, inclusive sua irmã, Dora, e vizinhos animavam o evento. Ao segurá-lo no colo, o pequeno Otávio me lambeu.

A galera riu, descontraiu-se, cantou "Parabéns". Soprei a vela. Das mãos de Berenice, ganhei o primeiro pedaço de bolo e um beijinho também doce em cada face.

Lembro das vozes rodeando a mesa, dos encontros de mãos, copos, corpos e vibrações. Ali vi a felicidade materializar-se num simples bater de palmas sem precisar ser extraída de sulcos, montes ou linhas que Maria Quitéria e Nazaré, as baianas da esquina, enxergavam nas mãos dos passantes.

Ali percebi que a felicidade genuína dispensava mapa astral, traços genéticos, herança cartorial. E também que a felicidade não precisava de senha bancária, código de barras, embalagem para presente. E ainda, que a felicidade brotava de dentro das pessoas, irradiando um não sei quê das quantas que impregnava o ar.

XXXII.
Última página

Acho que a bobina do meu filme está chegando ao fim. Meu prontuário sentimental foi remendado, reconstituído, revisto e revisado. Porém, tenho mãos dormentes, pés insensíveis, boca seca.
Exagerei.
Pelo jeito, não vou longe.
Nas experiências anteriores, cheguei à antessala da eutanásia ativa, mas sempre voltei a tempo. Hoje ultrapassei a zona de riscos. E como nunca morri, sei lá o que fazer? Talvez seja melhor ficar quieto. A letargia que se expande precederá o desenlace, de forma natural e suave, ao menos do ponto de vista clínico e biológico.

Já não ouço minhas sopranos favoritas. Mas tenho certeza de que, clinicamente, não entrei em coma. As atividades cerebrais superiores estão ligadas, do contrário não estaria remoendo isso tudo. A menos que Calderón estivesse certo: *La vida es sueño*.

Devo estar na fronteira da inconsciência, no limiar comatoso. Percebo aquelas nebulosas que um dia encontrei no globo ocular dos poetas doadores que enxergavam sóis minguantes, luas cadentes, cometas menstruais.

Dizem que, nessas horas terminais, aparece intensa luz, talvez o próprio Verbo.

Trevas desabam e penso desordenado. Misturo palavras que ao mesmo tempo madrugam, tardam, anoitecem. O pensamento se rebelou. Estou perdendo o domínio das palavras. Esvai-se o meu tato mental, e ninguém me ajuda. Onde anda o Otávio que hospedei tanto tempo? Desde o enterro do doutor Guilherme que não aparece!

De fato, o outro Otávio sempre foi mais esperto do que eu. Acho que já percebera meus constantes tremores, meus reflexos perdendo função, minha circulação comprometida, essa falta de ar. E aí pressentiu o mais democrático dos arquétipos emergindo do inconsciente, esboçando a morbidez da fácies. Isso mesmo: o Otávio sagaz e insurreto fez as malas, despachou-as, previu o atentado, guardou o bilhete e não embarcou.

Num derradeiro espasmo, quero valer-me do mais antigo e não reconhecido ancestral da roda para levar a Larissa esses pedaços arrancados do meu prontuário sentimental, do meu eu piegas: adeuses marejados, beijos não beijados, abraços que não dei, encontros que sonhei, esperanças do que já fui, saudades do que serei.

Consolo final. Otávio Nunes Garcia tinha razão. Morrerá o biólogo, mas não a base biológica da sua consciência. Inerte, cego, surdo, ainda assim consigo, aos espasmos, dissecar a textura do silêncio, e compreender que a total ausência de ruídos, esse sossego absoluto que me invade agora, é, só pode ser, a resposta a tudo que perguntei a vida inteira. Ou seja, todas as verdades cabem no mutismo unívoco que é a morte — a rigor, fugaz manifestação, mera variação do Verbo. Só agora entendo o que chamam de terceira margem, pois, em plena travessia, não estou morto, apenas já fui vivo.

O PEDAÇO QUE FALTOU

Sou Larissa Pontes, grau de Doutora em Medicina, psicanalista, especializada em desvios caracterológicos do indivíduo e habilitada ao exercício da profissão nos termos da Lei. É inegável que provoco estranheza ao assumir a narrativa, todavia tenho razões legais, éticas e familiares para justificar minha voz aqui.

Uma vez que o primeiro narrador se valeu do meu nome à revelia, distorceu minha reputação profissional e inseriu os casos de amor em família num falso contexto da psicanálise, devo esclarecer o imbróglio e, de outra parte, impugnar referências nada lisonjeiras à minha integridade e sensibilidade de mulher.

Inicialmente, esclareço que o best seller *Amor em família* é baseado na tese *Love in Family: syndrome and archetypes*, que, sob orientação do professor Klaus Rigolin, elaborei e defendi para obter o grau de doutor na Universidade de Chicago. Meu trabalho despertou interesse e tornou-se referência no mundo acadêmico.

Com adaptações necessárias, a tese foi publicada nos Estados Unidos em forma de livro, sob o título comercial *Love in Family*. Posteriormente, forte interesse pelo assunto motivou edições em outros países e veio respaldar meus argumentos sobre relações espúrias no seio da família.

Permitindo-me extravasar minha formação de ensaísta, explico a seguir.

Ligações indecorosas no ambiente familiar, entre parentes ou não, podem ocorrer em quaisquer grupos culturais. Tais comportamentos (ou anomalias) vêm de longe, dispersos na poeira dos milênios e fecundados, talvez, no clássico conceito de Jung conhecido por inconsciente coletivo.

Farta é a literatura sobre concubinatos na velha China, nas castas indianas, nos haréns muçulmanos. Vasta é a mitologia greco-romana sobre incestos e outras relações ilícitas no meio familiar.

Já os livros da Bíblia colecionam histórias notáveis sobre o assunto. E no Gênesis, é contundente a história de Ló, que, embriagado com vinho pelas duas filhas, com elas se deita. Dentre outros episódios e menções, é explícito o terceiro livro (Levítico) de Moisés — quando o Senhor discrimina castigos para relações sexuais pecaminosas entre familiares e parentes.

Bem assim, pergaminhos da Europa medieval e da Renascença registram, a exemplo, o hábito de famílias inteiras dormirem em uma só cama. Conhecendo a natureza humana e o estímulo que a proximidade de corpos provoca, possivelmente, nem todos os familiares ali reunidos logo adormeciam. Sem qualquer ironia, é perfeitamente admissível que filhos, filhas, cunhados, cunhadas, pais, tios, tias, sobrinhos, sobrinhas e outros aparentados nem sempre despertassem com a mesma pureza de quando se recolhiam.

Sabe-se, também, que há incontáveis episódios indecorosos entre familiares abordados na literatura clássica e moderna, e mesmo na vida real de artistas e escritores como o exemplo a seguir.

Foi pungente, testemunhada e documentada a morte do novelista russo Aleksandr Puchkin, em consequência de duelo com seu cunhado Georges d'Anthès, militar francês casado com Catarina, irmã de Natalia — mulher de Puchkin. Motivo fatal: rumores de que Natalia se entregara ao cunhado.

Enfim, cunhados e sobretudo cunhadas foram personagens decisivas na vida amorosa de monarcas, chefes de Estado, artistas, políticos, não só em tempos idos, mas também na história moderna.

No recente século XX, quem se dispuser a pesquisar encontrará casos notórios em jornais, revistas, almanaques e outras publicações, sem falar, óbvio, da literatura fescenina sobre cunhados na internet. Ultimamente, pesquisadores têm achado indícios de que esse tipo de atração vem gravado na herança genética.

Sem qualquer presunção, minhas observações vão além. Estou convencida de que uma associação de fatores deflagra envolvimentos impuros entre dois ou mais indivíduos da mesma família. Não descarto predisposições genéticas, claro, e muito menos condições psicossociais, ambientais, culturais e econômicas como agentes favorecedores desse tipo de atração ou desvio.

Porém, no ambiente familiar, quando há o convívio de duas personalidades adultas ou não, suscetíveis de sedução (ativa e passiva), a centelha detonadora de um envolvimento emocional é quase sempre questão de tempo e oportunidade.

Passo a comentar, sob o prisma da psicanálise, os textos precedentes elaborados por Otávio Nunes Garcia, daqui em diante só Otávio (para facilitar), que foi meu paciente de consultório durante dois anos.

Registro que o prosseguimento desta obra na forma presente cumpre legado testamental de Otávio, conforme abordarei adiante.

Esclareço ainda que, na linha do bom senso e obedecendo à exigência mencionada, preservei "sem tirar nem pôr uma vírgula", como se diz popularmente, a totalidade do livro: título, epígrafe, organização, estrutura, ordem capitular em "pedaços", subtítulos em algarismos romanos e, na íntegra, textos, citações e diálogos.

Reconheço que ponderei seguir o estilo de Otávio, mas a hipótese de tornar-me espécie de *ghost writer* foi logo abandonada por confrontar meus preceitos morais e deveres de ofício.

De outra parte, procurei circunstanciar revelações de caráter pessoal e familiar naquilo que diziam e dizem respeito exclusivamente a mim, às vezes com desconforto, mas sem abrir mão em nenhum momento do estrito segredo profissional.

Confirmo que, ao assumir o fio desta narrativa, eu não poderia abdicar minha condição de autora de livros a respeito do comportamento de indivíduos com desvios de caráter e alterações da personalidade. Seria lastimável que a medicina perdesse depoimentos clássicos de um paciente apresentando quadro de psicopatia com vários transtornos severos.

No entanto, rigores éticos e de confiabilidade me impedem de revelar numa narrativa deste gênero o diagnóstico clínico de Otávio, ainda que o próprio título que deu ao livro insinue autodiagnóstico moral.

XXXIII.
Quadro e fatos

Começo pelo aspecto imutável dos fatos, já que o registro da tragédia envolvendo meu antigo paciente é peça fundamental no entendimento de tudo o que ocorreu.

Ontem, fez meio ano que o meu marido e colega psicanalista, doutor Guilherme Pessoa, atestou o óbito de Otávio. *Causa mortis:* Insuficiência respiratória, seguida de parada cardíaca em consequência de choque etílico. Os desvios de sua personalidade construíram ao longo do tempo, com requintes mórbidos, um labirinto rumo à autodestruição. Morrer no dia do seu aniversário era uma obsessão. E repetir que esperava minha visita, na data fatídica, foi um estratagema consciente de legitimar sua culpa pelo desatino que ia deflagrar e, possivelmente, um modo de sentir-se mártir. Do ponto de vista psicanalítico, Otávio quis dividir sua culpa me culpando também.

Ele tomou emprestado de cânones religiosos, bem como de outros tipos de ritos, a fantasia que encobriu a radicalização do seu limite de resistência alcoólica. Comportamento esse já bem acentuado por alucinações psicodélicas. No fundo da sua alma transtornada, uma voz poderosa ordenava-lhe cumprir o que chamava de "doses litúrgicas".

Otávio era amável, inteligente e perspicaz. De imaginação fora do comum. Porém, seus relatos de assumir cacoetes de cientista premiado não passavam de delírios que acendiam e apagavam em surtos alternados. Minhas afirmações estão calcadas no que extravasava do seu interior em permanente ebulição. De qualquer forma, seria injustificável não mencionar sua aguda percepção dos relacionamentos psicológicos entre marido e mulher no âmbito do casamento.

Autodidata, Otávio escrevia sob pseudônimo e em várias línguas artigos e ensaios nas áreas de biologia, zoologia, botânica, psicobiologia, astronomia e vendia-os para revistas e outros periódicos no país e exterior. Ainda que dominasse largo espectro de conhecimento e cultura geral, ele era graduado somente em ciências biológicas, pois abandonara outros cursos e faculdades.

Confirmo que no seu escritório domiciliar mantinha pequenas estruturas de laboratório e de observatório onde realizava pesquisas e experimentos. Porém, eram atividades mais de cunho amador do que profissional.

Li artigos de sua feitura com o objetivo de analisar os focos do seu pensamento quando frequentou meu consultório. Também me mostrou dois ou três poemas muito herméticos. Eu mal sabia que tais leituras seriam importantes posteriormente para entender e desmontar a estrutura da história nas páginas precedentes e que ele titulou ardilosamente de *Libido aos pedaços*.

Estou certa de que Otávio não elaborou os textos precedentes de uma só vez ao reconstruir seu "prontuário sentimental" — de fato um calhamaço catártico, expiatório. Também tenho certeza de que sua escritura foi sempre regada a doses excessivas de uísque, litúrgicas ou não. Presumo ainda que tenha levado semanas, seguramente meses, num elaborado processo de inserções e colagens de textos no computador. Reforçam minha hipótese: seus solilóquios melodramáticos e absurdos se contrapondo a descrições precisas de fatos irreais espaçados no tempo e com base na memória. Tal comportamento era típico do psicótico obstinado em reabrir feridas, sofrer sob medida, e fechá-las de novo em regozijo.

Após ler, reler e checar trechos do seu "prontuário sentimental", consultei minhas inúmeras anotações de pesquisas bibliográficas, pois a compulsão narrativa de Otávio num contexto confessional me leva à certeza de que ele assumiu conscientemente aquela disposição que o escritor, antropólogo e filósofo Georges Bataille sintetizou: *"A confissão é a tentação do culpado."*

XXXIV.
O encontro

Meu encontro, ou melhor, nosso encontro com Otávio foi curioso. Débora, minha irmã, que me ajudava na revisão de textos e livros, vivia insistindo para fazermos período de reciclagem numa oficina literária que conhecera na internet.

Sucedeu que nos matriculamos na tal oficina para um curso noturno sobre variações na técnica de textos. Grupo eclético: quatro ensaístas, um tradutor, três jornalistas, dois poetas e dois romancistas.

No primeiro dia, atendendo pedido do orientador do curso, todos se apresentaram dizendo nome e breve currículo. Éramos 12. O orientador, aplicando didática para nos descontrair, ou querendo nos impressionar, mencionou que a soma dos algarismos do número 12 continha o algarismo três — o que, segundo ele, era um sinal de que apesar de formarmos um conjunto heterogêneo, três elementos do grupo estariam ligados pelo destino a partir dali. Obviamente houve risos, gracejos e chacotas sobre o vaticínio. Desfeitos os rumores da brincadeira, iniciamos estudos e trabalhos que nos tomariam oito semanas.

Nenhum participante me chamou tanta atenção quanto Otávio. Falava pouco, dizia muito. E com agradável preciosismo, numa entonação diferenciada, possivelmente contendo desdobramentos de sua personalidade. Mostrava-se tão tímido que era incômodo (aos demais) sentir o seu esforço tentando vencer a si mesmo, ou ao outro Otávio que, mais tarde, confessaria hospedar. Também, mais de uma vez, me deu a impressão de ter fino senso de humor, porém devia guardá-lo sob o travesseiro, em júbilo íntimo, tolhido pelo acanhamento ou pela autoridade de algum Otávio inconsciente.

Durante os intervalos dos trabalhos, todos nós trocávamos impressões sobre os textos analisados pelo orientador. Otávio olhava, ouvia, fazia ar de quem espreitava sob um cortinado de cílios compridos e olheiras arroxeadas. Raramente dizia algo espontâneo. Mas era solícito se interpelado. Tinha olhos úmidos, azulados, sedutores. O registro transcende a psicanalista e escritora, mas, como se percebe, tenho também motivos de sobra para fazer observações de mulher.

Débora foi a primeira a dizer: *"A timidez do Otávio tem algo de sensual, de sedução, e o olhar dele é incrível, parece hipnótico!"* Rimos juntas do comentário. Mas a observação parou aí. De resto, o curso transcorreu numa atmosfera amena, não obstante uma e outra sensação de relâmpagos e trovoadas nos textos, quando lidos em voz alta e carregados de adjetivação generosa.

O clímax estava reservado para o dia do encerramento do curso, ocasião na qual os participantes deveriam presentear entre si, a título de lembrança do convívio na oficina, um texto com exatas quarenta palavras, nem mais nem menos, a um "amigo oculto" decidido em sorteio na semana anterior. "Mãos cheias" foi o tema indicado pelo orientador.

Então, ocorreu notável coincidência no sorteio dos nomes entre os 12 participantes, fato que só viria ao meu conhecimento mais tarde, no dia do curioso evento, quando revelaríamos textos e nomes dos presenteados.

Foram essas as regras do divertimento. Acostumada a interpretar intenções do subconsciente das pessoas, bem como a prospectar o inconsciente e a intuição da natureza humana, ainda assim me foi difícil aceitar a eventualidade do acaso que viria.

Lidos nossos textos, qualquer dos participantes poderia supor que nada havia de oculto entre nós duas (Débora e eu) e Otávio. Valendo-me de expressão que ele usou nas primeiras páginas desta história, parecia termos um "segredo de três que o diabo fez".

Antes de revelar os textos ditos naquela ocasião, permito-me não uma dose de suspense, mas uma leve pitada de autora e pesquisadora. Talvez eu esteja só querendo atenuar o impacto que quarenta palavras pudessem causar. Além disso, é humano não resistir a uma "Caixa de Pandora" — mesmo que só contenha a energia subjetiva das palavras no papel.

Quero dizer que no regaço da pródiga natureza, nós, humanos, ao contrário de outros animais superiores, despendemos a maior parte da existência desmontando o imensurável poder do instinto (inconsciente), enquanto articulamos e disputamos, a duras penas, o jogo limitado da razão (consciente). Daí sucumbirmos à dúvida, ao subjetivismo do estético e da fantasia. Assim, levados pelas ondas tentadoras do novo, terminamos vítimas do mistério, atraídos, seduzidos e vencidos pela curiosidade.

A partir daqui, passo aos textos como foram ditos, e obedecendo à regra limite estabelecida, isto é, cada um contendo exatas quarenta palavras.

Débora (minha amiga oculta) leu para mim:

Tenho as mãos cheias de anseios molhados, de suores destilados, de sonhos desfeitos em lençóis sem leito. Tenho as mãos cheias do céu em pedaços, nuvens e mormaço, de caminhos sem passos, de achados e perdidos em pomares de sargaços.

Otávio (seu amigo oculto) leu para Débora:

Trago mãos cheias de dedos do vento, cunhas do tempo, crenças de que duvido e certezas que invento. Trago mãos cheias de poemas que não li, de canções sem dó, ré, mi, de pautas onde escondi a metáfora dos bem-te-vis.

Eu (sua amiga oculta) li para Otávio:

Trouxe mãos cheias de noites em vigília que espreitam a gravidez das madrugadas e o parto sem dor das alvoradas. Trouxe mãos cheias de teatrais figurações, gestos, cores, luzes, sons, personagens a esmo, máscaras de ninguém, vozes de mim mesma.

Ao término das leituras, e uma vez identificados os presenteados e presenteadores, o orientador afirmou que qualquer tentativa de decifrar semelhanças entre nossas abordagens transcenderia os objetivos da oficina literária.

Curiosamente, ele não voltou a mencionar a observação que fizera sobre o número de participantes no primeiro dia ao abrir os trabalhos e que provocara risos generalizados.

Fiquei atenta ao que viria.

Em seguida, antecedendo despedidas, também falou sobre a forma e o conteúdo dos textos em geral, mas se deteve especialmente (de modo sagaz) no meu texto bem como naqueles de Débora e Otávio, como se tentasse decifrar além do que pretendíamos mostrar ou esconder com nossas quarenta palavras.

Com toda sinceridade, afastada qualquer pieguice, não posso negar o tremor que senti quando o orientador, atento ao olhar de todos nós, parecia espargir no ambiente mirra, cânfora e incensos sagrados, sem aroma, elaborados exclusivamente na alquimia das palavras.

Experiência, percepção e concentração me concederam o privilégio de captar a intenção de certas expressões. Senti que o orientador, ao mencionar o verbo "esconder", entoou o vocábulo como se o mesmo estivesse assim mesmo, ou seja, entre aspas. Porém, minha formação científica até hoje tenta refutar a impressão do estalo que a perplexidade pareceu ter feito no chão, no ar, nas paredes, nas janelas, nos gestos, nas rugas e fisionomias dos presentes quando ele encerrou o evento.

De fato, estendendo as palmas das mãos num gesto de dádiva e despedida, o orientador concluiu: "Cuidem-se, sigam seus destinos, façam muitas viagens mundo afora, mas não saiam do Caminho, e lembrem-se que a palavra talvez seja o mais antigo e não reconhecido ancestral da roda."

XXXV.
Outras drogas

Otávio era mitomaníaco. Ora, mentira e delírio são emanações cerebrais distintas. Nos casos patológicos, a fronteira entre uma e outra é tênue, levíssima — caso de Otávio. No entanto, psicanalistas prescindem de aparelho detector para diferençar mentiras patológicas (fugas da realidade) das convencionais, burocráticas, ocasionais, e também conhecidas como bem-intencionadas ou políticas.

Porém, se a mentira é viciosa, o mentiroso tanto a elabora como a retroalimenta no processo mórbido que a criou. O quadro é complexo, labiríntico, e não há psicofármacos bloqueadores da compulsão de mentir. Deve-se considerar também que o cérebro não possui interruptor que impeça ou restabeleça o fluxo mentiroso.

No caso de Otávio, a mentira era uma espécie de droga e proporcionava-lhe uma sensação de intenso prazer, possivelmente liberando descargas de adrenalina e dopamina nos circuitos neuronais. Claro que toxicômanos não surgem espontaneamente. Há sempre o encontro e, depois, a junção da personalidade disposta com o produto disponível (ou produtos). Tudo leva a crer que Otávio era consciente de sua predisposição genética suscetível àqueles hormônios de prazer.

Por outro lado, acho que o uso do álcool diuturnamente acelerou o processo de subversão dos seus valores e princípios, pervertendo o seu sistema motivacional, levando-o, enfim, a procurar e provocar a autodestruição.

Reitero que, nesta narrativa complementar, embora devam preponderar esclarecimentos profissionais num quadro onde me envolvi pessoal e familiarmente, é imprescindível revelar particularidades que extrapolam o campo clínico.

Inicio por um dos pilares circunstanciais da história: meu casamento com Guilherme. Para atender a mútua conveniência, Guilherme e eu, acima de tudo, procuramos resguardar nosso prestígio profissional. Na verdade, não nos separamos legalmente. Inclusive ainda mantemos endereço residencial comum. Claro que, na prática, há anos Guilherme vive noutro apartamento do mesmo bairro, onde se dedica aos seus estudos científicos, bem como a reuniões de confrarias de *sommeliers* e gastrônomos. Assim, temos realmente duas casas, dois mundos e uma fórmula de casamento de fachada. A situação perdura com o fim de preservar nossa reputação de psicanalistas bem-sucedidos e em respeito ao conservadorismo familiar — quadro difícil de compreender nos nossos dias tão liberais. Mas a situação é verídica.

É verdade que a maioria da nossa clientela se constitui de pessoas com problemas conjugais: infidelidade, conflitos de personalidades, perturbações da libido, compulsão erótica, frigidez, ciúmes, decepção com o parceiro, diferenças culturais, atitudes de indiferença ou ao contrário — manifestações agressivas e violentas.

Embora nos conhecêssemos desde os tempos da faculdade e tivéssemos planos familiares, não pudemos gerar filhos devido à raríssima aspermia de Guilherme. A anomalia foi irreversível, mas descartamos recorrer a métodos de inseminação artificial, bancos de sêmen etc.

No entanto, sucessivas decepções, de ambas as partes, desde o começo da vida conjugal arruinaram a estrutura do nosso casamento. Em consequência, abolimos contatos físicos. De qualquer forma, as insinuações de Otávio sobre tendências bissexuais de Guilherme são infundadas. Igualmente fantasiosas e improcedentes são as afirmações sobre meus supostos estratagemas para seduzi-lo como cliente no consultório, ainda que, numa questão de foro íntimo, no esplendor dos quarenta, eu esteja longe de pretender vaga em cenóbio celeste. Faço estas digressões para aclarar aspectos confusos na abordagem de Otávio sobre meu relacionamento com Guilherme.

Na realidade, eu sempre soube tirar proveito do tripé potencial, oportunidades e limitações. Acontece que a maioria das pessoas não sabe o que realmente quer no plano afetivo. Convenci-me de que Guilherme, apesar de intelectualmente brilhante e vinte anos mais velho do que eu, não soube eleger o que era essencialmente importante para a felicidade conjugal. Resumindo, ele fraquejou, iludiu-se e iludiu-me, perdeu oportunidades, decepcionou-me, constrangeu minha família, empobreceu e arruinou nossa relação.

Curiosamente, Otávio detectou aqui e ali fragilidades no comportamento de Guilherme durante as sessões de psicoterapia de apoio.

Ao depurar certos diálogos nos textos elaborados por Otávio, percebi o paciente tentando analisar o alienista. Claro que

Otávio, após saber que eu e Guilherme éramos casados, passou a sentir rejeição por ele a ponto de desejá-lo morto (sepultado), provavelmente envenenando-o com vinho adulterado. Foi exatamente o que transpareceu no seu texto pormenorizado sobre a bizarra cerimônia de enterro no cemitério. Felizmente, tal conteúdo só existiu na sua imaginação. Tanto a inventiva quanto a precisão das cenas descritas no cemitério indicam morbidez clássica de um surto psicótico. E o tal encontro comigo, a carona, e a posterior orgia em sua casa foram delírios que transportou do imaginário para a tela do computador. Tudo aconteceu exclusivamente na órbita viciada do seu ego malcontente.

Cumpre dizer que, em nenhum de seus textos, por exemplo, há qualquer descrição sobre o vestuário das pessoas ou dele próprio. Aspectos exteriores descartáveis não o interessavam, pois Otávio vivia prazerosamente, aos pulos e aos surtos, seu mundo egotista e fantasioso. Outro exemplo indiscutível de como falseava a realidade era o aviso "Entrada proibida a pessoas com os pés no chão", que dizia existir entre os diplomas afixados nas paredes do meu consultório e no de Guilherme. Tal absurdo era exclusivo da sua imaginação.

Quanto ao meu casamento com Guilherme, realço que nossas relações de marido e mulher duraram somente alguns meses. Acabaram no dia em que, ingenuamente, fui sem aviso ao seu consultório e flagrei-o no divã, nu, com uma jovem que tentou esconder o rosto sob uma almofada decorativa. Mas Giovanna sempre teve corpo e manequim inconfundíveis. Seria inoportuno esquadrinhar aqui o desdobramento da situação. Para o bem e para o mal, variações da obra *Amor em família* também podem acontecer num divã mais do que familiar.

XXXVI.
No casamento de Débora

Também ponho a limpo o que ocorreu na festa do casamento. Sendo eu madrinha dos noivos, dançar com Otávio era natural e previsto. Mas ele, turbinado pelo vigor da orquestra e por doses generosas de uísque, enlaçou-me pela cintura de tal jeito que, de repente, estávamos no meio do salão. Polido e romântico, o descarado passou a me cantar. Teria sido poético se não fosse patético. O comportamento era incabível nas circunstâncias, mesmo que, do ponto de vista feminino, eu me sentisse lisonjeada, pois, numa festa de casamento, a noiva é a musa da noite e primordialmente do noivo.

Logo compreendi que ele assumira outra personalidade, deixara-se incorporar pelo Otávio libertino e arrebatador criado em sua mente, e que ele mesmo tratava ora de "hóspede", ora de "falso tímido".

Eu já percebera desdobramentos de sua personalidade durante sessões de regressão no meu consultório. Ali, profissionalmente, eu conseguia manter sob controle o comportamento do Otávio dissoluto que o seu inconsciente liberava, embora fosse difícil precisar a natureza daquilo que realmente o estimulava.

No consultório, investida de autoridade profissional e moral, era factível colocar seus desejos eróticos nos parâmetros de uma sessão de psicanálise. Senhoreando situações, ensinei-o a procurar as causas de seus transtornos, ofereci-lhe solidariedade e compreensão, bem como o encorajei a analisar e avaliar seus pensamentos e atitudes.

Também exploramos juntos, terapeuta e paciente, desequilíbrios que ele escondera durante anos nos subterrâneos da mente. Em nenhum momento deixei de acompanhar clinicamente seu esforço para exteriorizar as origens ou razões do Otávio libertino. Naquele tempo, mantinha-o sob estrito controle, a ponto de cansá-lo.

Porém, durante uma dança, ainda que pública, ele apertava nos braços não sua antiga psicanalista (com títulos, métodos, livros, teorias e diplomas) e sim a mulher, Larissa, em carne, pele, osso, maquiagem, penteado, vestido, joias e glamour apropriados a uma festa de casamento.

Lógico que, me vendo toda produzida, ele se libertou da condição de noivo e deflagrou uma atitude pervertida para a ocasião. Decolou o seu imaginário doentio no quadro de um delírio maior. Então, percebi que de modo sutil ele começou a me apertar. E passou do arrojo mental à fricção física, estreitando-me num corpo a corpo desagradável.

No meio do salão, sob o vozerio de dançarinos e a ressonância da orquestra, entre pares abraçados, somente eu poderia constatar o surto psicótico em rápida evolução.

Não fosse psicanalista e irmã da noiva, sua dissimulada masturbação poderia ser vista como uma página absurda de Kafka, alguma coisa como a "metamorfose" do noivo.

Entendendo a gravidade do momento e a transfiguração em curso, iniciei movimentos de defesa. Foi inútil reagir. Já meio sufocada, senti que Otávio entrara em transe, sob domínio do seu outro eu.

Para evitar um escândalo no casamento de minha irmã, reuni forças e pensei tão rápido quanto pude. Achei melhor aguardar o surto passar, pois tais distúrbios têm duração curta. Óbvio que, na condição de vítima, cada segundo é interminável. Deixei-o chegar aonde queria.

Saciado, voltou a si.

Mas eu, que sempre fora controlada, questão de índole, educação e formação, acabei me alterando. Afinal sofrera um ultraje, ainda que entendesse, com atenuantes de caráter médico, e também familiar, o que se passara na mente do noivo.

Quando ele se recompôs, eu também me refiz, constatando que o surto realmente terminara. Ato contínuo, Otávio me levou a um recinto contíguo ao salão. Apoiei-me, fatigada, em seu ombro. Garçons trouxeram-me água, enquanto alguns casais se aproximaram. A desculpa do calor dissolveu os curiosos. Enfim, os fatos foram exatamente esses, nem mais, nem menos.

Quanto ao comentário de que, naquela noite, senti meu primeiro orgasmo múltiplo, óbvio que foi outra de suas manifestações delirantes. Na verdade, ele desejava que realmente houvesse acontecido assim.

Do ponto de vista científico, Otávio elaborara o que chamamos de transferência psicológica, um elaborado truque mental, engenho psíquico comum em personalidades atribuladas.

Mas, no meio do intrincado episódio, onde estava a noiva? Localizei Débora dançando animadamente com uma das nossas primas gêmeas, do outro lado do salão, noutro plano emocional, talvez noutra galáxia social.

Também não exagero ao dizer que o enlevo provocado por uma dança — e eu acabara de constatar isso — pode erguer os pés, fantasias e desejos muito além do chão.

Sem hesitar, afirmo que a aceitação generalizada dos conceitos psicanalíticos que emiti sobre casos de "amor em família", seja por parte de centros acadêmicos tradicionais, seja no ânimo de pesquisadores autônomos, se deve ao fato incontestável de que, independentemente de fatores culturais, tais manifestações são universais, flagrantes e inerentes à condição humana.

XXXVII.
A verdade do começo

Convém repisar veredas que nos levaram à condição de cunhados e rever situações entre a psicanalista e o paciente. Mesmo sem o afrouxamento da ética que deve existir entre terapeuta e cliente, a relação profissional entre ambos tende a evoluir para uma conexão confiável e amistosa. Conversando frequentemente, é natural que analista e analisado criem um processo empático que pode chegar à admiração mútua e, depois, à cumplicidade, que, caso a caso, predispõe ou não, estimula ou não o emocional dos agentes. Não por coincidência, tratei de envolvimentos entre professor e aluna, doutor e paciente, advogado e cliente, executivos e secretárias, médicos e enfermeiras. Questões assim fazem parte do cotidiano de consultório, não importando hierarquia e sexo, ou quem deflagra o cortejo. Nesta linha de raciocínio, trago à luz o xis da questão no meu relacionamento com Otávio.

Tudo nasceu de despretensiosa conversa à saída da oficina literária que frequentávamos. Uma noite, Débora faltou. Otávio desceu comigo no elevador. Lembramos que morávamos no mesmo bairro e ofereci-lhe carona. Ele, que não dirigia e só usava táxis, aceitou. Conversamos no percurso até a sua casa.

Os assuntos fluíram. Falei das minhas atividades de psicanalista. Ele se interessou. Falou da sua timidez, de suas atitudes ridículas e rimos descontraídos. Trocamos telefones, beijinhos sociais, marcamos um encontro e nos despedimos.

Na tarde seguinte, ele foi ao meu consultório. Desde logo impus padrões éticos no relacionamento. E jamais disse à Débora que Otávio se tornara meu cliente. Ela, por motivo ou conveniência pessoal, demorou a comentar em família que iniciara um namoro com ele. Eu estava a par, claro, através das sessões no consultório. Quando se decidiram pelo casamento, tomei pronta iniciativa de encaminhar meu futuro cunhado ao doutor Guilherme Pessoa, escolhendo-o como profissional adequado para desenvolver com Otávio um processo de terapia de apoio. A escolha foi uma forma de não perder totalmente Otávio de vista, pois me julgava responsável também pela continuidade da sua terapia.

XXXVIII.
A verdade do fim

    Dentre os elementos verídicos da narrativa de Otávio que merecem ajuste, estou convencida de que Berenice desempenhou um papel fundamental em sua sexualidade e personalidade. Nada de obra do acaso. Tudo ocorreu sob orientação do pai dele, Osvaldo Garcia, um remanescente da geração e cultura que interferiam na iniciação sexual dos filhos masculinos para encurtar caminhos. Supus comigo mesma, várias vezes, que o pai de Otávio também se valia de Berenice como prestadora de facilidades sexuais. Não estaria exorbitando minha teoria ao entender que, naquela casa da simpática ruazinha do nosso bairro, ocorriam variações do amor em família.
    Quanto aos episódios da gravidez de Berenice, do filho com o mesmo nome, do aniversário, do primeiro pedaço de bolo, de toda uma construção fantasiosa em torno da moça, suponho que Otávio arquitetou uma espécie de sublimação, reinventando a família que perdera. Apesar de, muitas vezes, ele ter aberto janelas do subconsciente para que eu pudesse olhar a arrumação lá dentro, um cortinado cobria imagens referentes a Berenice e seus familiares, inclusive Dora, sua irmã. Assim, do ponto

de vista psicanalítico, nunca tive plena certeza de tudo o que realmente ocorreu entre Berenice e Otávio. A mente que forja mentiras também as sepulta.

*

Berenice encontrou o cadáver de Otávio numa fatídica manhã de segunda-feira. Transtornada, avisou Débora pelo celular. Em seguida, com voz patética, minha irmã me ligou. Chamei Guilherme para ir comigo até lá tomar providências médicas de praxe. Burburinho de celulares deu tom e alcance da tragédia. Na cama de casal jazia o cunhado: cabeça no travesseiro, rosto para o teto, olhos acortinados. Morrera de todo, como queria, aos goles e aos poucos, cercado de garrafas vazias de uísque, copos, baldes com gelo derretido, pacote intacto de cigarros, aparelhagem de som desligada, estojos de CDs, *laptop* aberto com a tela virada para baixo.

Débora retirou do computador o disquete que Otávio vinha utilizando. Não se conteve ao ler a etiqueta identificadora do dispositivo. Guilherme amparou-a e tomou-lhe o objeto das mãos. Refazendo-se, olhos acerejados, foco em varredura, minha irmã achou mais um disquete (sob a colcha) dentro de um envelope branco com título, estilo e caligrafia inconfundíveis. Sôfrega, leu: "Abrir em caso de morte." Entregou-o a Guilherme, que, sob o olhar úmido dos presentes, inseriu-o no *laptop*. Eram instruções, senhas bancárias, dados de seu advogado, bem como um testamento possivelmente digitalizado com o auxílio de escâner.

Na mesa de cabeceira à direita do corpo, um porta-retrato com uma foto do Otávio adolescente, entre os pais, compartilhava da nossa tristeza. Na mesa à esquerda, outro porta-retrato (sobre um exemplar do *Amor em família* na horizontal) com uma foto mais recente: eu e Giovanna, madrinhas de casamento, ladeando Débora em vestido de noiva.

Afundei.

Cientificamente, sabia que o cérebro reage ao estímulo ocular de um instante registrado na memória. Não pude evitar a escavação de emoções sob ruínas.

Quando Débora se afastou para chamar o seu advogado pelo celular, aproximei-me do corpo de Otávio. Segurei-lhe as mãos vazias e lembrei-me da oficina literária, quando ele, eu e Débora dissemos versões poéticas do tema "Mãos cheias".

E ali, diante do trágico, a arte subjugou a ciência. Minha memória solfejou: "Trago mãos cheias de dedos do vento, cunhas do tempo, crenças de que duvido, certezas que invento."

Guilherme aproximou-se. Ao ver minhas mãos segurando as do morto, me entregou, hesitante, o disquete que emocionara Débora. E me pediu que o examinasse mais tarde. Abri minha bolsa e guardei o pequeno disco em um compartimento com zíper. Estaria mentindo se afirmasse não ter lido, de soslaio, a sua etiqueta identificadora: "Para Larissa: Minha adorável cunhada. Vide testamento."

XXXIX.
Cremação

Dias depois, o advogado do banco que administrava os bens de Otávio organizou a cerimônia de cremação. Trazia uma pasta volumosa e papelada. Identificou-se: Doutor Eleazar Urbano. Distribuiu cartões e cumprimentos de condolência. Aos beneficiários do testamento entregou envelopes pardos contendo instruções. Conhecia-nos perfeitamente. Olhava cada um dos poucos presentes como a recuperar na memória fotos e nomes gravados. Sem dúvida, Otávio, durante a feitura do seu sinistro prontuário, ou até mesmo anteriormente, fornecera-lhe arquivos via internet com nossos dados pessoais e fotos. Adiante, poucas lágrimas, mas um armazém de surpresas.

Berenice cumprimentou-nos deprimida. Dora e dois rapazes a acompanhavam. Maria Quitéria e Nazaré, as baianas jogadoras de tarô e búzios, bem como provedoras de pés de moleque às sextas-feiras, como viéramos a saber, também estavam lá acompanhadas de duas adolescentes. As quatro personagens femininas (adultas) igualmente receberam envelopes do advogado, que, com naturalidade, estendeu-lhes a mão pronunciando não só os seus nomes, mas também os nomes no diminutivo dos respectivos jovens. Giovanna, excepcionalmente, pois não vai a funerais, compareceu acompanhada de nossas primas Samanta e Rebeca, citadas somente de passagem no "prontuário sentimental" de Otávio. Foi surpreendente, ao menos para mim, vê-las recebendo do advogado os envelopes com instruções. E sendo gêmeas verdadeiras, pasmei quando ele se dirigiu a cada uma pelo nome correto.

Débora não esperou o final da cerimônia. Saiu apressada, enfiando o seu envelope na bolsa a tiracolo. Meus pais, sob comoção, não compareceram.

Segundo o advogado, o testamento de Otávio pedia uma cerimônia restrita aos mais íntimos e nenhuma verbalização sobre o morto, mas, tão somente, orações silenciosas segundo os credos de cada um. O preposto disse ainda que, por testamento, as cinzas oriundas da cerimônia seriam oportunamente entregues a Berenice. Única extravagância testamental para a ocasião, se admissível dizer isso: violoncelo tocado suavemente por uma profissional contratada para executar peças de Schumann e Schubert.

Antes que se iniciasse a cremação, conversei reservadamente com Guilherme. Há meses ele vinha sugerindo nossa reconciliação total. Porém, mantive-me irredutível. Disse-lhe que não estávamos em nossos consultórios nem éramos terapeutas um do outro. E frisei-lhe que a vida real reserva também à mulher psicanalista caminhos inesperados além da cabeceira do divã.

Enfatizei, por fim, que outra tentativa, sob qualquer condição, em busca da felicidade, juntos, já não fazia sentido.

Talvez me excedendo ao exumar desgostos, já que psicanalistas também têm direito a traumas, crenças e, por que não, intuições, disse-lhe que a sua aspermia fora um castigo divino, bíblico, e citei por analogia: "E quando um homem tomar a mulher de seu irmão, imundícia é: (...) sem filhos ficarão" (Levítico, 20,21).

Finalmente, sem mágoa, dor, ressentimento, tristeza, ferida, mácula, pesar, desafronta, disse-lhe que nenhuma mulher continua a mesma depois de insinuado ou suposto envolvimento com um cunhado.

XL.
Revelações

Esclarecidas as situações que Otávio distorceu, pretendia encerrar esta narrativa no capítulo precedente. Todavia, seria injusto finalizar minhas ponderações sem levar em conta que, embora os textos de Otávio sejam eivados de invenções, seu sentimento de amor, em alguma fase ou momento, possivelmente foi real. Nem precisava ser psicanalista para admitir tal reflexão. Toda mulher sabe quando um homem somente a deseja, ou se realmente a ama.

*

Em tempos digitais parece que tudo voa. Hoje faz um ano que recebi do advogado o envelope com instruções para me habilitar ao legado de Otávio. Ontem pela manhã, aquele preposto me telefonou informando que os demais herdeiros nomeados no testamento já haviam se habilitado aos seus quinhões de bens. E que eu era exceção. Faltava-me cumprir uma exigência testamental: entregar-lhe, conforme combinado, os originais do livro *Libido aos pedaços* com o final ("O pedaço que faltou") a meu cargo.

Reiterou que, segundo o testamento, a obra só poderia ser publicada 25 anos após a morte de Otávio. Acrescentou ainda que tão logo terminasse minha parte, eu deveria dar conhecimento da obra completa a Débora e Giovanna. Embora nomeadamente herdeiras, eu não entendi bem o significado do pedido, porém respondi que o cumpriria.

À tardinha, telefonei a Débora. Respondeu-me que acusaria formalmente o recebimento do livro, mas não o leria, pois estava se dedicando a novos interesses e que "encontrara sua alma gêmea", só não disse quem. Ainda não era noite quando telefonei a Giovanna. Apesar da experiência de psicanalista, de sempre tê-la visto como criatura indócil e, a despeito do seu arsenal de contestações, dos percalços que já me criara, ainda assim ela surpreendeu.

Primeiramente, Giovanna pediu que eu resumisse todo o conteúdo do livro. À vista das características confessionais envolvendo nossos nomes, tive de estender-me a pormenores desde o trágico falecimento. Não me foi tarefa prazerosa. Depois, ela tomou a palavra e despejou sua rabulice. Disse que admitia a história apesar de achá-la meio estranha ou malcontada. Porém, não concordava que Otávio me considerasse a sua adorável cunhada conforme escrevera no rótulo do disquete contendo os originais.

Acrescentou que Otávio provavelmente se valera de embustes para ocultar alguém todo o tempo. Meio debochada, também disse que não era preciso ser psicanalista para ver que Otávio fizera uma transferência psicológica com a intenção de proteger a sua verdadeira adorável cunhada, pois pessoas de bem (e acentuou de modo ferino), como eu estava cansada de saber, preferem a hipocrisia ao escândalo.

Desse modo, Giovanna demonstrou acintosamente que sabia além do que eu supunha. Acrescentou, no seu jeito desaforado, que meus estudos sobre "amor em família" estavam ultrapassados, e que se houvesse alguém a merecer a condição de adorável cunhada seria ela — Giovanna.

Aproveitando-se do meu desgaste emocional ao explicar o conteúdo do livro, construído nomeadamente em pedaços no lugar de capítulos (tive de explicar-lhe isso), não perdeu o fôlego para alfinetar:

"Pois olha, vou dizer na lata! Claro que em respeito à lógica e sem chocar sua formação acadêmica, vou me expressar à moda clássica, melhor dizendo, em linguagem bíblica, tão a seu gosto. Se das três irmãs somente eu podia deitar com os dois cunhados, não é óbvio quem seria a adorável cunhada?"

Tal acinte me levou à estupefação. Enquanto eu articulava o pensamento, Giovanna foi cruel:

"Aliás, querida irmã, psicanalista e autora famosa, se alguém tivesse de ser adorável em toda essa história, seria o próprio Otávio! Aliás, mantendo os termos bíblicos bem do seu feitio, está na cara que ele nos conheceu numa boa, nós todas, as três irmãs, e, claro, as nossas primas gêmeas, sabe-se lá por qual razão... Vai ver que também só usam Chanel Nº 5... E será que você não notou que ele tinha uma verdadeira tara por irmãs?"

"E tem mais, você que é erudita, intelectual, Ph.D. e gênio da família, pega o mapa astral do Otávio e interpreta: as Três Irmãs da constelação de Órion estavam no caminho dele. Até falei disso na primeira vez que ele foi a nossa casa, lembra? Foi isso, querida,

nós fizemos o que estava escrito. Cada uma de nós fez a sua parte, aliás, 'o seu pedaço', para ser coerente com toda essa história que você resumiu..."

"... e sabe de uma coisa, ele morreu aos 39 anos, você sabia que a carta 39 do tarô também significa adultério perigoso?"

"Ora, Giovanna, não me venha com esses seus misticismos bobos..."

"... E ainda tem mais, e fique fria como psicanalista que é, pois olhe só, eu tenho minhas dúvidas se a nossa Mamy resistiu aos caprichos incestuosos dele..."

"O quê!"

"Não sei não, mas durante as viagens mais longas de Débora ela insistia para ele ficar num quarto de hóspedes da casa... Resumo da ópera: naquelas ocasiões, Otávio jantou lá em casa várias vezes e, claro, depois de tanto uísque e vinho, ele acabava dormindo por lá, e, lógico, a Mamy cuidava pessoalmente dele..."

"Você é maluca!"

"Maluca? Vocês é que são inocentes! Pois escuta bem essa... Numa noite lá pelas tantas, quando cheguei de um desfile, vi a Mamy de camisola, saindo na ponta dos pés do quarto de hóspedes onde ele costumava ficar..."

"Você é louca de pedra! Vou desligar!"

"Espera aí! E continue fria, querida irmã, acho que nenhuma de nós três, repito, Débora, você e eu, foi nobre nessa história! Aliás, nosso comportamento foi oposto ao daquelas criaturas modestas que vimos no enterro, e que, com dignidade, levaram à cerimônia possivelmente os filhos e as filhas dele! Pois é isso! Você deve saber muito bem o destino que daríamos, ou demos de fato, ao que Otávio gerou dentro de nós. Mas só falo por mim, e como sou adorável da cabeça aos pés, confesso que seduzi o Otávio pela base, pelo bico dos

sapatos. Nada de culpa, doutora, e como ele mesmo dizia, 'Transar por transar ainda é humano'."

Sem cerimônia, ela desligou.

Passei da indignação à estupefação. Pensei em destruir disquetes, computador, pilhas de papel. Demorei a acalmar-me. Foi difícil metabolizar a crueza de minha irmã. Consegui interceptar a torrente alcalina que ameaçava me sulcar a face e tanger os lábios. Pensei na química da lágrima, nas glândulas que a produziam. E uma força interior mais poderosa que a indignação me impediu de ruir. A força moral das próprias convicções.

Fui à janela e flagrei o aroma do jasmim fugindo do arvoredo vizinho. Seu perfume inconfundível me enlevou. Senti-me como antena cósmica a receber resposta às minhas mensagens dolentes. Levíssimo sereno começou a cair junto com o manto da noite. Talvez outra forma de pranto, pensei. Pranto de outras dimensões. E o rocio foi ganhando espaço, dando vazão ao seu momento, demarcando limites no mundo.

A princípio, serena, tímida, a lembrança de Otávio foi surgindo, crescendo e me envolvendo. Pensei na mensagem que me dedicara em forma de romance incompleto. Talvez fosse uma forma de dizer que precisava exclusivamente de mim para concluí-lo, ou que, assim como ele, o livro teria mais de uma voz, mais de uma personalidade.

Então, percebi o motivo da sua exigência para que o texto fosse publicado somente 25 anos após a sua morte. Não tenho a menor dúvida de que Otávio queria imortalizar sua múltipla afetividade sob a égide de outros valores, de outra ética, além dos tempos conhecidos.

O perfume do jasmim tornou-se intenso, vindo, talvez, nos dedos do vento e, quem sabe, nas cunhas do tempo. De repente, senti a presença de Otávio dividindo comigo o balcão da janela. Sua voz era quase audível na minha memória. Opinava a respeito do que fazem pessoas de bem sob pressão de valores morais. Estremeci. Erosão interior desfez minha cadeia de pensamentos.

Na realidade, eu estava emergindo de uma incrível autoanálise, tão isenta quanto fora possível rapinar a consciência de meus pacientes no consultório. Em segundos, vi bem claro todo o meu relacionamento com Otávio e seus múltiplos. Percebi que o paciente precedera o cunhado, mas ambos, se admissível separá-los, secundaram o biólogo, o escritor, o homem.

Suspirei. Já não me importava com o que as pessoas poderiam pensar, pensavam, pensam, vão pensar amanhã, no mês que vem, no próximo ano, ou finalmente quando este livro for publicado.

E com toda pureza, confesso que posso não ter sido sempre, mas desde que conheci Otávio me tornei realmente uma pessoa de bem, ou seja, sem aquela conotação depreciativa que ele dava à expressão.

Restou-me este choramingo íntimo que ocorre hoje, esplendoroso domingo primaveril, após última, total, pungente e decisiva acareação no espelho da consciência.

Conclusão: estou convencida de minha inocência e desfruto de suave paz comigo mesma. E melhor ainda, sinto-me inteiramente imune a quaisquer suposições sobre o meu relacionamento com Otávio, um extraordinário farsante até o fim.

Este livro foi composto na tipologia Adobe Jenson
Pro, em corpo 12/16, e impresso em papel off-
white 80g/m² no Sistema Cameron da Divisão
Gráfica da Distribuidora Record.